www.lenos.ch

Hassan Dawud

Tage zuviel

Roman aus dem Libanon

Aus dem Arabischen
von Hartmut Fähndrich

Lenos Verlag

Arabische Literatur im Lenos Verlag
Herausgegeben von Hartmut Fähndrich

Der Übersetzer
Hartmut Fähndrich, geboren 1944 in Tübingen. Studierte Vergleichende Literaturwissenschaft und Islamwissenschaft in Deutschland und in den Vereinigten Staaten. Seit 1972 in der Schweiz, seit 1978 Lehrbeauftragter für Arabisch und Islamwissenschaft an der ETH Zürich. Für Presse und Rundfunk tätig.

Die Übersetzung aus dem Arabischen wurde unterstützt durch die Gesellschaft zur Förderung der Literatur aus Afrika, Asien und Lateinamerika e.V. in Zusammenarbeit mit der Kulturstiftung Pro Helvetia.

Titel der arabischen Originalausgabe:
Ayyâm zâ'ida

Satz und Gestaltung: Lenos Verlag, Basel
Umschlag: Anne Hoffmann Graphic Design, Basel
Illustration: Paul Klee, Witterndes Tier. 1930
Paul-Klee-Stiftung, Kunstmuseum, Bern

Printed in Germany
ISBN 3 85787 329 9

Tage zuviel

1

Laut der Kennkarte, auf der mein Bild klebt – ich mit vierzig Jahren –, bin ich jetzt vierundneunzig. Jahrelang hab ich behauptet, ich wäre drei Jahre jünger. Mein Vater hat mich nämlich gleichzeitig mit anderen Burschen angemeldet, von denen ich weiss, dass sie nicht zu meinem Jahrgang gehören. Er hat das getan, um mich vom Militärdienst zu befreien. Als ich vor zehn oder zwanzig Jahren einmal darauf zu sprechen kam, haben alle möglichen Männer, unter anderem auch meine Söhne, behauptet, ich wäre drei Jahre älter als laut meiner Anmeldung, nicht umgekehrt. Schliesslich sei es wahrscheinlicher, dass mein Vater behauptete, ich wäre zu jung für den Dienst. Dann erzählten sie allerhand Geschichten, wonach ich so alt wie Abu Ali Jûssuf und Hadsch Ali Farahât sein müsste, Geschichten, von denen ich weiss, dass sie falsch sind, da diese beiden ihre erste Reise nach Palästina gemacht haben, als ich noch ein Junge war, den man nicht einmal mit den Kühen allein liess. Sie haben Ereignisse erwähnt, bei denen ich schon gross gewesen sein soll, und Hadsch Ali Farahât hat das bestätigt, weil unsere gemeinsam verbrachten Abende in den Jahren vor seinem Tod ihn glauben liessen, das wäre immer so mit uns gewesen, als gleichaltrigen Freunden. Sie haben nicht nachgegeben, und was ich ihnen erzählte, fanden sie nicht einleuchtend und immer das gleiche. Sie haben sich nicht von ihrer Überzeugung abbringen lassen, und jedesmal, wenn man wieder auf das Thema zu sprechen kam, hab ich von ihnen die alte Leier gehört, bis ich schliesslich überzeugt war, es wäre nutzlos, ein weiteres Mal die zwei oder drei Geschichten zu erzählen, die ich allein für wahr hielt.

Sogar solche Dinge hab ich vergessen, die erst viele Jahre später passiert sind. Die Fassade der Backstube, die ich in Beirut, im Stadtteil Bab Idrîss, übernommen hatte, haftet mir nicht mehr im Kopf. Anstelle von ihren Eisentablaren seh ich Teile von verschiedenen anderen Backstuben vor mir, von denen einige gar nicht mir gehörten. Ich setze meinen Fuss auf die Marmorplatte am Eingang und befinde mich plötzlich in der Backstube, die mein Bruder Hadsch Salîm 1950 in Westbeirut übernommen hat. Dort sitze ich auf einem schweren Stuhl, auf dem er mich hat Platz nehmen lassen. Und während er Brot verkauft und mit den Angestellten spricht, plaudert er auch mit mir. Mir tut er leid, weil er diese Arbeit erst mit über fünfzig Jahren angefangen hat.

Selbst diese zwei oder drei Geschichten sind mir nicht mehr ganz präsent. Früher konnte ich allemal ein Detail oder ein Wort auslassen, beim folgenden Mal dann noch ein Detail oder noch ein Wort, und schliesslich war ich imstande, ihnen mit einem einzigen Satz die ganze Geschichte in Erinnerung zu rufen. Den sage ich dann ziemlich laut und breche am Ende abrupt ab, als ob ich ihnen die sechs Jahre zubilligen würde, mit denen ich ein Alter erreicht hätte, das keiner in der Familie geschafft hat. Aber trotzdem hab ich mir angewöhnt, den Mund zu halten, wenn sie die Frage von meinem Alter ansprechen. In letzter Zeit bringe ich in ihrer Gegenwart sogar die Wochentage durcheinander und verschiebe die Besuche meiner Kinder um drei oder vier Tage. Dann erinnern sie mich daran, es wäre vorgestern gewesen, nicht am Freitag. Und jedesmal, wenn sie mich korrigieren, festigt das meine Überzeugung, dass sie auch bei der anderen Frage Recht haben und ich drei Jahre älter bin, als meine Kennkarte behauptet. Sechs Jahre dazu also, auf einen Schlag. Dann ist mir, als würde ich in eine ganze sechs Jahre tiefe Grube fallen. Ich gebe nach aus tiefster Überzeugung, da ich nicht mehr imstande bin, an meinem wahren Alter festzuhalten. Das würde eine Verbissenheit und eine Hartnäckigkeit verlangen, wie ich sie nicht mehr besitze.

Nicht einmal das mittlere Alter wollen sie akzeptieren, dasjenige, das auf der Kennkarte steht und das ich, seit ich aufgehört habe zu diskutieren, für mein wirkliches Alter halte. Wenn mich einer von meinen Enkeln besucht, reiche ich ihm die Kennkarte, damit er mir die Angaben darauf vorliest. Er betrachtet mein Bild – ich mit vierzig – und erkundigt sich nach der Backstube am Dabbâs-Platz, wo es in den letzten Monaten ihres Betriebs aufgenommen wurde, ebenso diejenigen von meinen drei Onkeln, die ihre Bilder auf die Wohnungen der ganzen Familie verteilt haben. Ich antworte ihm wortkarg, was ich ihm schon bei seinem früheren Besuch gesagt habe. Er stellt mir weitere Fragen, und ich antworte immer das gleiche. Er meint, ich wüsste nichts anderes. Mein Vetter Hadsch Jûssuf hat einmal einen fremden Mann angefaucht, der in unser Dorf betteln gekommen war. Weil ihm nicht passte, was ich ihm gegeben hatte, hat er mich mit ein paar Koranworten beschimpft, denen ich nichts entgegenzusetzen wusste. Doch Hadsch Jûssuf wurde unfreundlich und hatte auch einige Worte aus dem Koran parat, die wie Beschimpfungen klangen.

Ich spreche nicht und ich erinnere mich nicht. Ich glaube, dass diejenigen, die nicht gern sprechen, unfähig sind, sich zu erinnern. Mein Vetter Hadsch Jûssuf hat mir, obwohl er jünger ist als ich, Geschichten von unserem Haus erzählt, von meinem Vater und seiner Frau, meiner Tante, und von vielen anderen, die längst gestorben sind.

Sie werden nie mein Alter akzeptieren, wie es in meiner Kennkarte steht. Jetzt fügen sie sogar pro Monat ein Jahr hinzu. Von einem Besuch zum anderen geben sie mir ein Jahr mehr. Sie springen mit meinem Alter um, wie es ihnen passt. Für einige meiner Enkel bin ich fünfundneunzig, für andere sogar siebenundneunzig oder noch älter. Sie können kaum erwarten, ich weiss es, dass ich hundert werde. Als mich einer von ihnen einmal besuchen kommt, sag ich, man dürfte mich, wo ich doch hundert bin, nicht allein kochen lassen. Wenn sie an meinem Fenster vorbeikommen, dukken sie sich, damit ich nicht sehe, wie sie zu ihrer Familie in den oberen Stock raufgehen. Doch von dem hohen Bett, auf dem ich liege und das gleich neben dem Fensterbrett steht, kann ich sie sehen. Wenn ich einen auf der Treppe erblicke, rufe ich ihn, und wenn er kommt, behauptet er, er hätte geglaubt, ich würde schlafen, und hätte mich nicht wecken wollen. Ich bleibe liegen, und nach nur zwei Minuten geht er. Es ist der, dem ich mal hundert Lira gegeben habe, damit er seinen Widerstand gegen das Haarschneiden aufgibt.

Ich kenne keinen, der hundert geworden wäre. Von Abu Muhammad Nassîm wird das behauptet, aber ich weiss genau, dass er noch keine neunzig war, als er starb. Seine Leute haben ihn in ein paar Monaten um Jahre älter werden lassen, und als sie ihn tot im Vorgarten fanden, haben sie ihm nochmals sieben Jahre auf einen Streich angehängt und behauptet, er wäre hundertsieben.

Ich kenne keinen, der hundert geworden wäre, und immer wieder frage ich mich, wie es wohl wäre, ein Alter zu haben, das niemand um mich herum je erreicht hat. Früher einmal, vor vielen Jahren, hab ich mir andere Männer angeschaut, die älter waren als ich, um rauszufinden, wie ich beispielsweise zehn Jahre später aussehen würde, als ob mich das in ein anderes Alter eintreten lassen könnte.

Jetzt bin ich vierundneunzig. Bin in dem Haus, das ich vor langer Zeit neben dem grossen Zimmer gebaut habe, das meinem Vater gehörte und das man leer und unbewohnt gelassen hat, nachdem zwei von den Deckenbalken sich aufgelöst haben und der Staub auf den Boden gefallen ist. Noch bevor mein Sohn Kâssim das Dach darauf mit Platten ausgelegt und in die Mitte das schwere Wasserbecken gestellt hat, hab ich zu ihm gesagt, die Balken würden das nicht tragen. Er hat seine Wohnung über der meinen gebaut. Seine Frau weigert sich schon einige Zeit, mir zur Hand zu gehen. Sie gafft von ihrem Balkon da oben auf mich runter, als wünschte sie jemand herbei, der sieht, wie ich Wasser in den Krug fülle und auf der Terrasse meine Kleider wasche oder wie ich mit zitternden Händen Wasser in den Kochtopf fülle, in dem ich mir Eier gebraten habe.

Der seligen Fâtima war bis am Tag vor ihrem Tod nichts anzumerken. Ich habe zu ihr gesagt, verzeih mir, Fâtima, doch sie hat den Kopf in die andere Richtung gedreht, und auch als ich sie noch mal bat, hat sie den Kopf nicht vom Rand des Kissens wegbewegt. Ich konnte meine Stimme nicht mässigen wie die vielen anderen, die dabeistanden und sie anschauten, da auf ihrem Bett, mitten im altehrwürdigen Zimmer von meinem Vater. Als meine Frau zu ihr trat und sie bat, mir zu verzeihen, hat sie getan, als würde sie nichts hören. Ich habe den finsteren Raum verlassen, die Geschwulst vor Augen, die an ihrem Hals immer grösser wurde. In ihren letzten Tagen ist sie immer hinter unserem Fenster gestanden und hat uns beim Essen zugeschaut. Ich seh sie und ruf der Hadscha Chadîdscha zu, ihr zu sagen, sie sollte die Geschwulst zudecken. Mit ihren blauen, hervortretenden Adern kommt sie mir vor wie ein Stück Kuhmagen. Ich war damals über siebzig und habe sie sogar noch im Dunkeln sehen können. Am frühen Morgen bin ich noch auf den Dreschplatz gegangen, hab mit der einen Hand den Sack, mit der anderen die Forke genommen und hab in zwei Tagen, ich ganz allein, die Scheuer gefüllt. Da waren meine Beine noch kräftig, als mir das blaue Wasser auf die Augen fiel. Aber ich hab mich geweigert, ins Krankenhaus zu gehen, als meine längst erwachsenen Söhne mich hinbringen wollten. Kâssim, der mittlere, wurde mir gegenüber ziemlich laut und hat mich zum Auto geschoben. Die vier Stufen zum Hof hinunter bin ich gestolpert. Da war mir klar, dass die Krankheit erst meine Beine und dann den übrigen Körper erreichen würde. Bei allen, die ich kannte, hat der Tod mit einer kleinen Schwachstelle im Körper angefangen. Hadsch Abdallatîf zum Beispiel, der ist dagestanden, aufrecht und kräftig, mit seinen Augen, in denen man nur noch das Weisse sah. Er hat mit dem Kopf nach rechts und nach links gewackelt, als ob er so die Augenkrankheit im Kopf halten und sie hindern könnte, in den Körper runterzusinken. Er hat wirklich die ganze Zeit mit dem Kopf gewackelt, während er die Hände von denen drückte, die ihn begrüssten, und sich mit ihnen in seinem Beiruter Dialekt unterhielt, der ihn lächelnd, ja lachend erscheinen liess. Im Auto hab ich das Bild von Hadsch Abdallatîf aus meinem Kopf verbannt. Ich war anders. Er und seine Verwandten hatten eine andere Art als die Dorfbewohner. Und Leute, die anders leben als wir, werden auch anders krank als wir. Indem ich an solche dachte, die zehn oder gar zwanzig Jahre älter waren als ich, hab ich Hadsch Abdallatîfs Gesicht nicht lange vor mir verweilen lassen, weil mir schien, ihm würde das Leben eben anders ablaufen. Er war nicht wie ich. Wie ich sind die Männer, die auf ihrer Terrasse zuhause in der Sonne sitzen, die zu mir aufschauen, glücklich und zufrieden über ihre Faulheit und die Wärme, und die wie die Männer in früherer Zeit zu sein scheinen, von denen Hadsch Jûssuf, mein Vetter, allerhand Geschichten erzählt hat.

Mir genügt es, während ich an ihnen vorbei zügig vom Dreschplatz nachhause gehe, mich an ihre Väter zu erinnern, um zu wissen, was einmal aus mir wird. Wenn ich bei ihnen rumstehe und meine Stimme erschallen lasse, wird mich das nicht anders machen als sie. Auch nicht, wenn ich mit über siebzig noch in den Brunnen runtersteige, während diejenigen, die oben an der Brunnenöffnung das Seil festhalten, furchtsam warten. Ich würde genau so sein wie sie. Nicht wie Hadsch Abdallatîf, sondern wie die blinde Hadscha Sâhija, die allein in ihrer Hütte im Vorgarten unterhalb von meiner Wohnung lebt und sich mit den Füssen den Weg ins Freie ertastet, den sie kennt. Dann dreht sie den Kopf in alle Richtungen, als könnte sie sehen, bevor sie ihre Kleider runterlässt und beim Hinhocken ihren faltigen Hintern offenbart. Was ich dann aus ihr hervorsprudeln sehe in dem Moment, bevor ich wegschaue, erinnert mich an das, was früher einmal die Leute taten, von denen Hadsch Jûssuf allerhand Geschichten erzählt hat.

Bis heute spreche ich den Dialekt, den ich von den Beirutern übernommen habe. Das ist nicht der, den Hadsch Abdallatîf redete und der ihn, wenn er seine Sätze mit einem Lächeln abschloss, wie eine Frau erscheinen liess. Er hat auch, wie Frauen, viel geredet und ist wie sie lange mit seinem Sohn, seinen Nachbarn und seinen Wasserpfeifen zusammengesessen. Kaum war ihr Auto angekommen, da sind auch schon die Nachbarn herbeigelaufen, den Abend bei ihnen zu verbringen. Sie kamen aus den umliegenden Häusern, Männer und Frauen. Hadsch Abdallatîf liess sie um sich rum hinsitzen und hat in seinem kühlen Ton mit ihnen geredet, der zu seinem weissen Gesicht und seinen weissen Gliedmassen passte. Wenn meine Tochter Bahîdscha mich besuchen kommt, steht sie aufrecht da wie ein Mann. Sie bleibt nie lange. Nicht länger als das bisschen Zeit, das es braucht, um sich nach meinem Gesundheitszustand zu erkundigen und das Essen, das sie mir mitgebracht hat, aus der Tasche in den Speiseschrank zu stellen. Danach steht sie noch kurz im Hof und lässt ihren Blick über die verdorrten Pflanzen in den Töpfen wandern. So glaubt sie wohl, ihren Besuch bei mir zu verlängern. Ich steh nicht von meinem Bett auf, wenn sie kommt. Ich bleib ausgestreckt drauf liegen und warte, dass sie wieder durch das Tor rausgeht, damit ich die Decke wegschieben und meine Füsse auf den Boden stellen kann. Sie kommen mich besuchen und setzen sich nicht mal für einen Augenblick. Irgend jemand kommt zur Tür rein, schaltet das elektrische Licht an und stellt meine Medikamente, meine Uhr, meine Tabaksdose und die verschiedenen anderen Dinge, die auf dem Bett, auf dem Ofen oder auf dem Sofa herumliegen, an ihren Platz. Er öffnet das Fenster, um das muffige Zimmer zu lüften.

Während so einem kurzen Besuch fällt mir nichts ein, was ich sagen könnte. Bahîdscha lässt mir nicht mal genug Zeit, mich zu erinnern, wie sie damals als kleines Mädchen war. Also spreche ich mit ihr wie mit einem ihrer Brüder, und sie erzählt wie jene von der Arbeit. Wenn Abu Fâjis, mein Ältester, zu mir kommt, macht er mit grosser Hingabe Ordnung im Zimmer, und das gleich mehrfach, damit ja keine Zeit für ein Gespräch zwischen uns bleibt. Ich beobachte ihn, wie er sich, gross und schwer wie er ist, niederbeugt, um Brotkrümel von der Erde aufzuheben. Er tut das, alters- und gewichtshalber, keuchend. Wenn ich zu ihm sage, setz dich doch, Abu Fâjis, bewegt er sich noch emsiger in dem Teil des Zimmers, den ich gar nicht in Anspruch nehme. Als ich über meine Schmerzen zu klagen und zu stöhnen anfing, hat er mir erklärt, ich müsste aufhören, mich vor dem Tod zu fürchten. Er hat das so vorwurfsvoll gesagt, ohne mich anzuschauen, als spräche er zu jemand anderem im Zimmer. Meistens passen ihnen die Antworten nicht, die ich ihnen auf ihre Fragen nach meiner Gesundheit gebe. Sie erwarten, dass ich mit Gott sei's gedankt, es geht nicht schlecht, antworte. Sie fragen mich, wie ich mich fühle, und ich sage, gelobt sei Gott; antworte also, was von mir erwartet wird, während sie im Zimmer stehen, stirnrunzelnd, damit ihre Gesichter keinen Raum lassen für eine einzige von meinen Klagen über die Schlaflosigkeit und über die Kälte, die mir in die Glieder zieht, wenn ich zum Pinkeln rausgehe in einer Nacht, vor der ich mich schon zu fürchten begonnen hatte, bevor Hadscha Chadîdscha starb. Sie hat im anderen Zimmer geschlafen, dem mit dem Bild von meinen toten Enkeln an der Wand. Als ich sah, wie sie, ganz allein, ihr Bett verschob, damit ihr Blick nicht auf die Bilder fallen sollte, hab ich gemerkt, dass auch sie sich vor der Nacht fürchtete. Sie hat sich mit geschlossenen Augen allein auf den Bettrand gehockt und darauf gewartet, dass der Schlaf ihre Lider schwer machte und dabei Laute wie Katzengemaunze aus ihrem Innern hören lassen. Steh auf, Hadscha, hab ich zu ihr gesagt, setzen wir uns zusammen! Im Haus von Hadsch Ali Farahât hat sie dieselbe Haltung eingenommen. Sie hat ihr Haupt gehoben und die Augen geschlossen vor Hadscha Marjam, die krank in ihrem Bett sass, während wir, Hadsch Ali Farahât und ich, uns die Zeit damit vertrieben, Zigaretten zu drehen und die Tabakkrümel, die uns an der Zunge hängenblieben, auszuspucken.

Jeden Abend haben wir bei ihnen verbracht. Einer kam immer zuerst, der andere kurz danach. Damals hab ich das Gefühl gehabt, wir gingen auf das Ende zu, weil wir täglich dasselbe taten. Wir haben von unseren Kindern in Beirut geredet, ich und Hadsch Ali Farahât, der zu Beginn des Abends allemal aufstand, um Tee zu kochen. In ihrem Haus hab ich Sympathie für Hadscha Chadîdscha empfunden, wenn ich sie dösen, dann aber sofort aufstehen sah, sobald ich mich erhob. Im Haus von Hadsch Ali Farahât hatte ich das Gefühl, ihr nahe zu sein, und ich habe Mitleid mit ihr gespürt, weil sie am Ende ihres Lebens angekommen war. Doch wieder daheim, hab ich das vergessen. Aus meinem Zimmer hab ich ihr zugerufen, mir etwas Wasser zu bringen, wenn sie durch die Tür ging, hab ich das Katzengeräusch bei ihr gehört, das sich in monotones Nörgeln verwandelte, von dem sie geglaubt hat, ich würde es nicht hören. Wenn ich sie nochmals rief, hat sie sich plötzlich beeilt, als hätte jemand sie vorwärts gestossen. Doch das Geräusch hat nicht aufgehört, auch nicht, wenn sie das Wasser in die Kanne goss.

Ich habe nie meine Stimme verloren, die Hadscha Chadîdscha bis zu ihrem Tod fürchtete. Mit dieser Stimme hab ich sie angetrieben, mir mein Zimmer zu fegen, worauf sie mit dem Besen leicht über die Erde fuhr. Sie hat nur gesprochen, wenn wir beide in unseren Zimmern waren, getrennt durch eine Tür, die sie jedesmal schloss, wenn sie die Schwelle überschritten hatte. Ich hab immer wieder gerufen und gefragt, was sie da in ihrem Zimmer tut. Wenn ich reinging, um etwas aus meinem Schrank zu holen, den ich bei ihr gelassen hatte, hab ich gemerkt, dass es in ihrem Zimmer anders roch als in meinem. Ich glaube, es waren die alten schwarzen Perlen von ihrer langen Gebetskette, die mit ihrem Geruch das ganze Zimmer füllten. Die Sachen in meinem Schrank, den ich mit einem Schlüssel abschloss, hat er aber nicht erreicht. Ich ging raus und schloss die Tür hinter mir, weil ich ihr nie gern beim Aus- oder Umziehen zugesehen habe. Hadscha Chadîdscha hat ihre Kleider nicht schmutzig gemacht und sie nicht abgetragen. Zwanzig oder dreissig Jahre hingen sie im Schrank. Auch ihr schwarzer Mantel, der an ihre einstige Figur erinnerte. Sie hat ihre

Kleider nicht schäbig und nicht schmutzig werden lassen. Es war, als würde ihr Körper nichts ausscheiden, ihr Körper, mit dem sie sehr sparsam umging, weil sie glaubte, so könnte sie ihn auf ein längeres Leben verteilen. Ich dagegen bin zu Begräbnissen gegangen, in Hemden, an denen die Ärmel und Krägen durchgescheuert waren.

Bei Hadscha Chadîdschas Beerdigung hab ich geweint. Alle haben gesehen, wie ich mir mit der Hand die Tränen weggewischt habe. Ich habe mit dem Stock auf das Grab geklopft und dabei gesagt, nun bist du gestorben, Hadscha, und hast mich allein gelassen. Dabei zitterte mein magerer Körper, von dem alle glaubten, er würde nicht mehr lange durchhalten. Auf dem Friedhof hab ich einen schwachen Eindruck gemacht. Aber zuhause hab ich mich dann wieder erholt. Auch als man meine Tochter begrub, haben sie geglaubt, ich würde den Tag nicht überleben. Ihre drei Kinder heulten auf ihren Stühlen im Trauersaal, während ihr Vater auf der Kanzel die Koranverse las, genau wie bei allen anderen Toten. Die vielen Jahre haben ihn mir nicht näher gebracht, und ich hab ihn gegrüsst wie irgendeinen von seinen Verwandten. Während ich im Trauersaal sass, hab ich darüber nachgedacht, dass ich meine Tochter die vielen Jahre einem Mann überlassen hatte, den ich nicht kannte, der die Lippen öffnete und Koranverse rezitierte wie jemand, der einen anderen nachäfft. Nein, er war mir nicht nahe, ebensowenig seine drei heulenden Kinder mit ihren dicken Backen, die mir vorkamen wie diese Arbeiter, die aus anderen Dörfern stammen.

Seit ich nicht mehr nach Beirut fuhr, bin ich, wenn ich überhaupt das Haus verliess, meistens auf den Friedhof gegangen. Bei der Beerdigung von meinem Bruder Hadsch Salîm hab ich nicht geweint. Er hatte nebenan gewohnt, unsere Häuser waren nur durch einen schmalen Betonstreifen voneinander getrennt, wegen dem wir uns oft fürchterlich gestritten haben. Mehrmals hab ich fast die Wand seiner Terrasse zerstört, weil er sie einen Meter auf mein Grundstück vorgeschoben hatte. Ich hab ihn angebrüllt, während ich vor meinem Zimmer sass, und er hat von seiner Seite zurückgegeifert. Nicht nur einmal sind wir fast handgreiflich geworden. Beim letzten Mal haben sich meine Kinder eingeschaltet und erklärt, wir wären zwei alte Männer und würden uns wie zwei kleine Jungen benehmen. An seinem Grab hab ich keine Träne vergossen, ja, nach seinem Tod hab ich immer von ihm gesprochen, als würde er noch leben. Sajjid Mahdi hat mal gesagt, über die Jahre hinweg würde nur die brüderliche Abneigung zunehmen. Das hat er gesagt, wo doch seine Familie schon seit Generationen die Scheichswürde trägt und der Sohn dem Vater, der Bruder dem Bruder ähnlich ist. Und dann wir, Hadsch Salîm und ich, die keine Ähnlichkeit verbindet, als wären wir Männer aus zwei verschiedenen Familien.

Nicht dass wir im gleichen Haus wohnten, hat uns so voneinander entfremdet. Mein Bruder Machmûd, der weit entfernt wohnte, war mir nicht näher. Ich hab immer den Eindruck gehabt, er wäre seinen Nachbarn ähnlich. Aber wir sind nie aufeinander losgegangen, wie das zwischen Hadsch Salîm und mir vorkam, und wenn wir uns dann mal trafen, hat er mir von unserem Vater und unserer Mutter erzählt. Wir gehen auf den Landstücken umher, die wir zwischen uns beiden aufgeteilt haben. Er klagt über seine

Leiden, um mich an die Zeiten zu erinnern, als wir noch Jungen im Haus von unserem Vater waren. Das hat mich jedoch nicht lange beeindruckt, und wenn wir das Grundstück verliessen, hab ich nie so recht gewusst, welche Empfindungen ich ihm gegenüber haben sollte. Im Haus von meinen Kindern in Beirut schien er ein Fremder. Die ganze Zeit sitzt er schweigend da und weiss nicht recht, was tun, wenn man uns zum Essen ruft. Dann sag ich ihm, steh auf, Abu Mustafa, worauf seine Stimme schwach und seine Augen gross werden.

Auch an seinem Grab hab ich nicht geweint, ja, ich bin nicht einmal zu ihnen gegangen, als sich die Trauergesellschaft auf dem Friedhof auflöste. Ich bin mit meinen Söhnen nachhause gegangen. Auch bei ihrem Begräbnis hab ich nicht geweint, und im Lauf meines Lebens, wie die Jahre so dahingingen, hab ich sie immer mehr vergessen und mich immer mehr von ihnen entfernt. Von der Nähe, die ich immer auf den Bildern von meinen drei Onkeln, den Brüdern von meinem Vater, sah, ist nichts mehr übrig. Diese Bilder hat man auf die Familie verteilt, und ich habe sie in allen ihren Wohnungen unter dem Glas hervorleuchten sehen. Sie hätten jeden Abend zusammengesessen, hat Hadscha Âmina, Hadsch Salîms Frau, erzählt. Sie waren alt, und weil sie sich so ähnelten, haben unsere Kinder geglaubt, sie müssten alle am gleichen Tag gestorben sein. Scheich Machmûd, dem der Turban schwer auf den Kopf drückt, scheint mit weitgeöffneten Augen den Worten von seinen beiden Brüdern zu lauschen. Zwischen ihnen, dort an der Wand, war Scheich Machmûd kein im Dorf angesehener Gelehrter mehr, sondern einfach ein Bruder.

Diese Bilder haben, nachdem man sie verteilt hatte, die zerstreute Familie verbunden. Die Männer haben ihre Verwandten besucht und sind in den Häusern rumgelaufen, als wollten sie sie zählen. Sie sind von einem Haus ins nächste gegangen und haben viel Liebenswürdiges über meine arme Cousine gesagt, die Tochter von meinem jüngsten Onkel, damit sie ihnen nicht wie die bedauernswerten Frauen vorkäme, die bei ihnen wohnten.

Dank diesen Bildern haben sie gemeinsame Jahre in Harmonie verbracht. Sogar mein jüngster Onkel, von dem ich wusste, dass er einen Groll gegen seine beiden Brüder hegte, war auf dem Bild schweigend und unterwürfig, sein Kopf schien niedriger als derjenige von den beiden anderen. Dort an der Wand sassen sie nebeneinander, als hätte ihnen ihr Vater das schon vierzig Jahre vor seinem Tod aufgetragen. Dieser Vater, der die Familie anführte, als sie damals zum Kampf gegen eine andere auszog. Er marschierte, Gewehr in der Hand, vor ihnen her. Sie folgten, grobe Spatenstiele fest umklammert. Nachdem sich die ganze Familie im Haus am Dorfeingang versammelt hatte, ging er allein hinaus zu ihnen, die sich auf dem sogenannten Brunnenrand zusammenscharten. Scheich Machmûd, der damals noch keinen Turban trug, war der Mutigste unter ihnen. Er liess seinen groben Prügel auf den Rücken von Ali Bairam niedersausen, bis er ihn umgebracht hatte. In meinem Kopf bestand Scheich Machmûd immer aus zwei Männern: einem, der seinen Prügel auf den Rücken von Ali Bairam niedersausen liess, und einem anderen, dem der Turban schwer auf dem Kopf ruhte, der gemessen sprach und voller Güte für die Frauen seiner Söhne und seiner Neffen war. Nur das Bild hat es geschafft, die beiden zu einem einzigen Mann zu verbinden, und er, mit seinen schläfrigen, tränenden Augen, scheint das zu bereuen, wozu man ihn gedrängt hat.

Obwohl ich wusste, wie sie gelebt haben, hab ich wie ein kleiner Junge den Bildern geglaubt. Ich hab angenommen, ihr Äusseres wäre ihre eigentliche Natur, auf die die Streitereien und Zänkereien keinen Einfluss hätten. Ich habe Bilder so sehr geliebt, dass ich sogar von mir eins habe machen lassen: mein Bild – ich mit vierzig. Das hab ich später auf meine Kennkarte geklebt, aber erst hab ich eine Vergrösserung davon im Goldrahmen in der Backstube auf dem Dabbâs-Platz an die Wand gehängt.

Ich bin doch nicht blind geworden. In dem Auto, in dem man mich von Beirut zurückgebracht hat, sassen vorne mein Sohn Kâssim und sein Bruder Nâjif. Beide schwiegen die ganze Fahrt über. Nur um mich mit ihnen zu unterhalten, hab ich bei jeder Kurve gefragt, wo wir wären, und wenn der Verband etwas von meinen Augen rutschte, hab ich sie anhalten lassen und ihn wieder zurechtgerückt. Als sie mich aussteigen hiessen, hab ich nicht zum Haus gefunden und bin bei jedem Schritt stehen geblieben, damit sie mich weiterführen könnten.

Ich bin nicht blind geworden. Als man mir eine Brille brachte, hab ich nicht gewusst, wie man so was trägt. Sie war dick und schwer, und wenn jemand durch das grosse Tor kam, hab ich Kopf und Schultern zurückgezogen, um ihn zu sehen. Wer reinkam, hat geglaubt, ich sähe ihn nicht, und ist rasch zu den Stufen gegangen, die zur Wohnung von meinem Bruder Hadsch Salîm raufführen. Ich weiss nicht, wie ich ihnen vorkam. Ich selber fand mich seltsam finster. Ich hab mir vorgestellt, wie Hadscha Chadîdscha mit einer Brille auf der Nase ausgesehen hätte. Oder Hadsch Ali Farahât. Oder sogar meine Kinder mit ihren grossen Köpfen und ihrem vollen Haar. Das hatten sie von Hadscha Chadîdscha, und drum hat meine älteste Tochter so hager und kränklich gewirkt, Jahre bevor man sie nach Beirut brachte.

Die Brille hat mich komisch aussehen lassen. Ich hab ihre Bügel mit Fäden und Tuchfetzen umwickelt, damit sie in meinem grauen, faltigen Gesicht nicht so glänzte. Warum ich das täte, wollte Kâssim wissen, und ich hab ihm erklärt, die Bügel würden mich sonst an den Ohren schmerzen. Ich bin doch nicht blind geworden. Mir ist es nicht ergangen wie Hadsch Abdallatîf, dem seine Augen völlig weiss wurden; und die Haut aussenrum wurde schlaff und hing runter. Dadurch sind die blutroten Adern sichtbar geworden, die aussahen wie Eingeweide. Das ist eine von diesen ganz alten Krankheiten, die noch auf Gesicht und Körper sichtbar wurden. Heute wird kein Mädchen mehr geboren mit einer Geschwulst, wie sie Fâtima zwischen Hals und Brust hatte. So was ist nur wegen dem Chaos bei den Menschen passiert, die uns vorangingen. Wenn ich sie vor mir sah, hab ich meinen Blick an ihr bis zu den nackten Füssen mit den ungeschnittenen Nägeln runterwandern lassen, als wollte ich ihr zu verstehen geben, sie sollte mich mit ihrem Anblick verschonen. Sie hat uns durch die Scheibe beim Essen beobachtet. Da hab ich Hadscha Chadîdscha angeschrien und zu essen aufgehört. Später hab ich Fâtima um Verzeihung gebeten, doch sie hat sich mit dem Gesicht auf die andere Seite gedreht. Da hab ich verstanden, dass sie es nicht vergessen hat, dass ich sie mit Gewalt zum Vorgarten geschoben und wegen ihr ihre Schwester angeschrien habe.

Wenn ich meine Brille abnahm und sie in meine Jackentasche schob, haben die Leute, die mit mir zusammensassen, sich anders hingesetzt und anders geredet. Sie haben wohl angenommen, ich würde sie durch die dicken Gläser anders sehen. Ich bin nachhause zurückgekehrt. Meine Augen haben mich nicht krank gemacht. Um meine Schwiegertochter zu ärgern, sag ich zu ihr, der Todesengel hätte keine Macht über mich. Da geht sie schweigend die Treppe rauf, und erst am Ende des bemalten Geländers, beim Eingang zu ihrer Wohnung, fängt sie an, was zu brummen. Damit wartet sie, bis sie sich ein Stück von mir entfernt hat. Dann geht sie von einem Zimmer ins andere und schimpft weiter. Ihr Widerwille gegen mich schiebt sie zwischen Schränken und Betten hindurch, bis sie nicht mehr weiss, wie sie ihren Körper anhalten soll, den ihr Gebrummel immer noch unruhiger und lauter werden lässt.

Sie hat nie ihre Freude verbergen können, wenn meine Krankheit schlimmer wurde und man mich raus in den Hof brachte und auf das Auto wartete, das mich nach Nabatîja fahren sollte. Dann kommt sie rasch heraus und zieht dabei noch ihr Ausgehkleid zurecht, das sie sich in aller Eile übergeworfen hat. Sie gibt sich beschäftigt und schaut mich nicht an. Auch wenn ich vor Schmerzen aufschreie, unterbricht sie ihre Unterhaltung mit den Nachbarn nicht, die sich nur ein paar Schritte entfernt versammelt haben. Sie lenkt sie von mir ab, in der Hoffnung, das würde meine Krankheit noch verschlimmern, die ihr jedesmal als die letzte erscheint.

Durch ihr Gerede nur ein paar Schritte entfernt von mir lenkt sie sie von mir ab. Ich merke genau, dass sie erst schweigen wird, wenn man mich von Nabatîja zurückbringt und ich, mein Medikament in der Hand, allein vom Auto zu meiner Wohnung gehen muss. Dann ist niemand mehr auf dem Hof. Und wenn ich dann raus auf die Terrasse trete und mich auf meinen Sessel setze, stelle ich fest, dass sie alle zurück ins Haus gegangen sind und die Türen zugemacht haben. Draussen ist das Licht kräftig und hell, doch sie hokken schweigend in ihren finsteren Wohnungen, in denen man niemand vermutet, bis aus einer Tür ein Kind schlüpft oder aus einer anderen eine Frau kommt, die wortlos zur Wäscheleine geht.

2

Ich bin jetzt vierundneunzig. Die Wohnung, die ich nie verlasse, ist nicht schmutziger als zu Lebzeiten von Hadscha Chadîdscha. Seit ihrem Tod weiss ich, dass Hausarbeit nicht lange dauert. Ich brauche dazu nur wenige Minuten, bevor ich mich auf meinen Stuhl setze und meine Langeweile beginnen lasse. Ich fege Staub, dürre Blätter und Brotkrümel hinter der Tür zusammen, wie sie es immer tat.

Die Dinge in der Wohnung hab ich gelassen, wo sie immer waren, obwohl ich weiss, dass Hadscha Chadîdscha viel Zeit vergeudet hat, weil sie Sachen, die eigentlich zusammengehören, weit weg voneinander aufbewahrt hat. Wie sie gehe ich, wenn ich mir Tee machen will, zwischen der Speisekammer, der Küche und dem Fliegenschrank in ihrem Zimmer hin und her, und wie sie lasse ich die zukkerverklebten Tassen auf der erhöhten Brüstung der Terrasse stehen. Ich habe sie immer angeschnauzt, wenn ich die Tassen sah, dann ist sie gekommen und hat sie woanders hingestellt. Nein, die Wohnung ist nicht schmutziger als zu Lebzeiten von Hadscha Chadîdscha. Wenn ich allemal den völlig kalkverkrusteten Krug sah, wusste ich nicht so recht, wie ich reagieren sollte, und habe nichts gesagt. Es ist ja ein Schmutz, der mit Wasser allein nicht wegzukriegen ist, weil der Kalk an der Innenwand haftet und ins Glas eindringt. Ich habe mir vorgestellt, dass Krüge sich durch den Gebrauch abnutzen. Wenn ich dann aber sah, wie sie in anderen Häusern glänzten, hab ich gemerkt, dass sich in unserem Haus der Schmutz endgültig über alles gelegt hat. Die weissen Tücher und Kissen liegen schwer auf Sofas und Betten, als wäre trockener Staub in ihr Gewebe gesickert und hätte sich dort festgesetzt.

Oftmals, wenn ich bei Sonnenuntergang auf meinem Stuhl sitze und mich das Erbarmen mit Hadscha Chadîdscha erfasst, sag ich mir, so wären eben die Wohnungen von Alten, schmuddelig. Wenn ich dann zu ihr rüberschaue und sie da schweigend auf dem Bettrand sitzen sehe, wächst mein Erbarmen mit ihr noch, ich stehe vom Stuhl auf und gehe vor ihrer Tür hin und her, damit meine Schritte sie aufmuntern und sie das Gefühl hat, dass sich im Haus jemand bewegt.

Ich hab die Dinge gelassen, wo sie immer waren, und bewege mich zwischen ihnen hin und her, wie sie es immer tat. Sogar meinen Teller hab ich mir angewöhnt, dort abzuwaschen, wo sie es tat, an der schmalen Stelle gleich neben der Terrasse. Ich leere etwas Wasser hinein, bewege den Teller ein wenig hin und her und kippe dann das Wasser dorthin, wo der Betonhof an den Vorgarten grenzt. Das Wasser spritzt auf die Erde und an die Tür von dem Badezimmer, das ich vor langer Zeit gebaut habe. So hat es auch Hadscha Chadîdscha gemacht, ohne sich um den Gestank von dem schmutzigen Wasser zu scheren, der von unten hochkam. Inzwischen mach ich es ebenso. Jetzt bin ich allein und muss mich wegen dem Gestank bei niemand mehr schämen.

Sauberes Wasser kippe ich nie auf diesen übelriechenden Betonplatz. Hadscha Chadîdscha hat immer den Schmutz unserer Enkel mit dem Schaum entfernt, der durch die kleine Spalte aus dem Bad quoll. Weisser, flüssiger Schaum, der eine schmale Spur zeichnete, immer dieselbe. Sie machten drinnen, alle gemeinsam im Bad, ein Riesenspektakel, und wenn dann eines von ihnen nass und nackt herausgerannt kam, rief ich ihm zu, es sollte rasch ins Zimmer gehen. Damals, als sie uns ihre Kinder aus Beirut schickten, waren wir noch in den Siebzigern. Ich habe sie in meinem Zimmer schlafen lassen, da sie in Hadscha Chadîdschas Zimmer Angst vor der Dunkelheit hatten. Und wenn sie am Morgen aufwachten, haben sie angefangen rumzulachen, einfach so, als hätte sie jemand im Schlaf zum Lachen gebracht.

Nicht nur das schmutzige Wasser plätschert runter, sondern auch mein Gepinkel, dem ich, die Beine fest an das Geländer mit den breiten Zwischenräumen gepresst, freien Lauf lasse. Morgens steigt sein Geruch schärfer rauf und lässt sich auch durch das schmutzige Abwaschwasser, das ich zweimal täglich runterschütte, nicht beseitigen.

Auch sie haben, nach Hadscha Chadîdschas Tod, die Dinge da gelassen, wo sie waren. Sie haben nicht einmal ihr Bett in das alte Zimmer von meinem Vater getragen. Sie haben es gelassen, wo es war, unter den Bildern von meiner seligen Tochter und meinen schon verstorbenen Enkelkindern. Ich will gar nicht mehr wissen, warum es da steht, bereit mit Decke, Kissen und Leintuch, wo doch keiner mehr drin schlafen wird. Sie leben zu mehreren Familien dicht gedrängt in den drei Zimmern im Oberstock, während ich allein die gleiche Fläche zur Verfügung habe. Aber ich biete sie ihnen nicht an, weil ich genau weiss, dass sie sich vor der Wohnung fürchten, in der schon so viele Tote gewaschen wurden, und dass sie sich vor meinen Spuren auf den Decken ekeln.

Ich bin allein in der Wohnung. Und sie glauben, die vielen Jahre, die ich schon hinter mir habe, hätten mich mit dem Tod vertraut gemacht, so dass ich ihn nicht mehr fürchte. Oder sie glauben, die vielen Jahre hätten mich mit dem Tod bekannt gemacht, weil ich ihm schon so häufig gegenüber stand. Ihnen fallen die Namen von Menschen ein, die längst tot sind und die ich gekannt hab und sie nicht. Darum glauben sie, ich würde den Tod kennen und er könnte mich nicht schrecken und ich wäre mit ihm alt geworden. Dann gibt es Zeiten, wo sie nicht glauben, dass ich stöhne, weil ich Schmerzen habe. Abu Fâjis hat mir gesagt, ich müsste aufhören, mich vor dem Tod zu fürchten. Er hat das sehr unwirsch gesagt, als wollte er mich drängen, mit meinem Gejammer aufzuhören. Wenn ich abends mal raufgehe und mich zu ihnen setze wie ein Gast, sagen sie ein paar Worte und setzen dann ihre Unterhaltung fort. Ich sag zu meinem Ältesten, reich mir doch den Krug, mein Junge, worauf er aufsteht und ihn mir bringt. Ich wähle ganz bewusst ihn, als wollte ich ihn an jene Zeit erinnern, als er mich schon kannte, die anderen aber noch nicht. Er weiss das und sagt, bitte sehr, Vater, und bleibt vor mir stehen, bis ich fertiggetrunken habe.

Sie sind viele in ihrer Wohnung. Wenn ich aufstehe, um wieder zu gehen, begleitet mich jemand bis zum oberen Treppenabsatz, nicht weiter. Nur ihr Schwiegersohn hat einmal bei mir geschlafen. Sie haben ihn reingeschoben und förmlich hinter ihm die Tür geschlossen, als wäre eine Ratte im Zimmer. Ich hab ihm mit meinem Stock gezeigt, wo er Decke, Laken und Kissen finden würde, weil ich das Gefühl hatte, er würde niemals im Bett von Hadscha Chadîdscha schlafen. Er trug das Bettzeug mit den Fingerspitzen, als wäre ihm der Gedanke unerträglich, die ganze Nacht darin schlafen zu müssen. Nach dem Tod von Hadscha Chadîdscha haben sie nichts verändert, weil sie glaubten, für die mir noch verbleibende Zeit würde sich das Umräumen der Wohnung nicht lohnen. Ich bin da völlig ihrer Meinung, und drum lasse ich die Zuckerdose stehen, in der der Zucker eingetrocknet und klebrig geworden ist. Ich schliesse auch die Schranktür nicht und unternehme nichts gegen den Staub, der im Zimmer von meinem Vater von der Decke fällt. Ich hab in Beirut allemal Wohnungen gemietet und drin gewohnt, als würde ich sie ausprobieren. Ich habe sie genommen und sie ihnen überlassen, noch bevor ich sie richtig kennengelernt hatte. Ja, ich erinnere mich nicht einmal mehr, wie viele Zimmer die Wohnung im Stadtteil Samâï hatte, die ich meiner jüngsten Tochter überlassen habe. Ich bin immer erst spät hingekommen, nur um dort zu schlafen, und bin wieder weggegangen, bevor sie aufgewacht sind. Sie haben auf mich gewartet in ihren Baumwollhemden, die Schultern und Brust sehen liessen. Und ich hab ihnen nichts davon erzählt, was draussen vor sich ging. Für mich sind sie immer die Kleinen geblieben, auch als sie schon verheiratet waren und selber Kinder hatten. Und sie haben sich kein bisschen verändert, weil sie glauben, dass nichts sie so froh macht wie die gemeinsame Erinnerung an die Zeit, als sie noch klein waren.

Ich bin nie lange bei ihnen sitzengeblieben. Ich habe gemerkt, dass sie sich miteinander amüsieren wollten. Drum bin ich aufgestanden. Meine Tochter Nâjifa hat nur gewartet, bis ich eingeschlafen war, um hinter mir die Türe zu schliessen und dann noch lange mit den anderen zusammenzusitzen. Am Morgen sind sie allemal übernächtigt und spät in die Backstube gekommen, und ich hab ihnen die schweren Brotbretter auf den Kopf gelegt und mit der Hand draufgedrückt, um sie gerade zu richten. Diese trägen Kreaturen mit ihrem kalten Blut haben nichts anderes gekannt, als ihre Aufgaben anderen zu überlassen. Ich habe sie nie in Ruhe gelassen in der Backstube. Und wenn ich einen von ihnen angefahren habe, kaum dass er mir unter die Augen kam, haben seine Hände sich zu bewegen begonnen, als würden sie nach einer Tätigkeit suchen. Ich habe nie verstanden, wie sie da unbeweglich rumstehen konnten, während das Feuer im Ofen lärmte.

Allein meine Stimme hat sie in Bewegung gesetzt. Einmal hab ich eine Katze gesehen, die angstvoll im Vorgarten rumrannte. Der Schuss schlug bei ihnen ein und hat sie von ihren Stühlen aufgejagt. Die Katze war nicht mehr imstande stehenzubleiben und ist über ihre Eingeweide gestolpert, bevor sie hinfiel. Der Schuss hat Fâtima das Herz aus dem Leib gerissen. Sie wandte sich ab, wagte es aber doch nicht, wie ihre Schwester Hadscha Chadîdscha, etwas zu brummen. Geh und schaff sie weg, hab ich ihr gesagt, worauf sie die vier Stufen runtergegangen ist, das Gesicht weggedreht und versteckt, damit ich ihren furchtsamen, angewiderten Blick nicht sah. Es waren viele auf der Terrasse. Alle haben das Gewehr untersucht, haben angelegt und auf einen imaginären Vogel gezielt und, obwohl es ungeladen war, abgedrückt. Sie haben das Haus gefüllt, und Hadscha Chadîdscha ist nichts anderes übriggeblieben, als auf ihre Abfahrt zu warten, damit sie das Essen für ihre Kinder aufs Feuer stellen konnte. Sie hat die Pfanne an den Tischrand gestellt, und das Öl ist auf die Erde und an die Wände gespritzt. Doch die Wohnung war damals sauberer als später dann, als wir allein lebten und nur wenig gekocht haben. Ich habe mir immer vorgestellt, dass die Wohnung nicht vom Drin-Leben schmutzig wird, sondern davon, dass man die Dinge einfach stehen lässt und dass die Bewohner langsamer werden und sich weniger bewegen.

Die Wohnung ist nicht schmutziger als vor ihrem Tod, obwohl ich wieder auf den Betonplatz unter der Terrasse pinkle. Vor ihrem Tod hatte ich damit aufgehört, nachdem ich eine andere Toilette gebaut hatte, für die ich ein Stück von der langen, schmalen Küche abzwackte. Sie hat darauf bestanden und behauptet, alle Leute hätten Klos in ihren Wohnungen. Ich hab es am Ende der Küche eingebaut, mit einer Zwischenwand und einer Tür, so dass es weit weg von der Wohnung und eigentlich völlig abgetrennt davon schien. Doch der Gestank ist trotz allem in die Küche gedrungen und sogar bis in die beiden Zimmer, weil das schmale Fenster nicht reichte, um ihn rauszulassen. Auch mehr Wasser nachzuschütten, würde nichts nützen, hab ich Hadscha Chadîdscha erklärt. Klos würden halt stinken, selbst wenn die Leute sie nicht benützten. Auch das Klo draussen würde weiter stinken, selbst wenn wir es nicht mehr aufsuchten.

Angeekelt von meinem Dreck, der auf dem Boden vom Klo und unten an den Wänden angetrocket ist, pinkle ich also wieder auf den Betonplatz unter der Terrasse. Als meine Enkelin, die Tochter von meinem Sohn, runterkam, das Klo sauberzumachen, hat sie ihre Füsse keinen Schritt über die

Schwelle der Tür gesetzt, sondern sie hat von ausserhalb grosse Mengen Wasser reingeschüttet und dabei ihre Blicke zwischen der Küche, der Speisekammer und der Treppe, die zum Speicher führt, hin und her wandern lassen.

Ich pinkle im Stehen von der Terrasse und presse dabei meine Beine gegen das steinerne Geländer mit den Zwischenräumen und den Verzierungen. Ich glaube, es ist hoch genug, um meine untere Körperhälfte ihren Blicken zu entziehen und sie nicht sehen zu lassen, was ich da tue. Und wenn ich mir eingestehen muss, dass das doch nicht der Fall ist, stell ich mir vor, dass sie wegschauen. Ich pinkle bei Tag und bei Nacht von der Terrasse. Und wenn ich an den engen Vorsprung trete, von wo ich es allemal tu, schau ich nicht dorthin, zum oberen Stock im Haus von meinem Bruder, wo die Frau mit ihren Kindern wohnt, auch nicht zu der Hütte im Vorgarten, wo die andere Frau lebt. Ich stelle mich hin, ohne mich umzusehen, drücke meine Beine gegen das gitterähnliche Muster und beuge mich nach hinten. Sie gehen die Treppen hinauf zu ihrer Wohnung im Stock über mir und würdigen mich keines Blickes, während ich dasitze und sie betrachte. Sie tauchen nur kurz auf. Gleich wenn sie bei sich oben sind, schliessen sie die Tür und setzen sich wortlos in ihre finstere Wohnung, und ihre Mutter dreht ihnen den Wasserhahn auf, damit das Wasser nicht allzu stark läuft und keinen Lärm macht.

Ich sitze die ganze Zeit auf dem Stuhl und starre auf das grosse Tor, an dessen Bogen ich sie damals, nach dem Tod von meinem Vater, erwartet habe. Ein Mann aus einem Dorf in der Nähe hat mir geraten, ich sollte das Feuer erst eröffnen, wenn sie reingekommen und auf unserem Grundstück wären. Mehrere Tage hab ich sie, dort am Torbogen hockend, erwartet, ohne je die Pistole, die meinem Vater gehört hatte, aus der Hand zu legen. Als sie an der Kreuzung am Platz auftauchten, sind meine Brüder über den Vorgarten weggerannt, zu den Häusern weiter unten. Ich habe gewartet, bis sie vor dem alten Zimmer standen. Als dann einer von ihnen die Tür aufstiess, in der Absicht reinzukommen, hab ich einen kräftigen, lauten Schrei ausgestossen. Ich habe nichts gesagt, aber auf den Schrei hin haben sie sich zu mir umgedreht und die Pistole gesehen, die auf sie gerichtet war. Nicht älter als vierzehn war ich damals, doch als ich danach im Dorf rumging, hatte ich das Gefühl, Jahre älter als meine Altersgenossen zu sein. Und als ich mit meinen Brüdern zusammensass, hab ich Machmûd, der um Jahre älter war als ich, aufgefordert, mir das Wasser zu reichen, und er ist tatsächlich aufgestanden und hat mir den Krug gebracht. Ich hab aus ihm einen stillen, gefügigen Burschen gemacht. Er hat sich rasch an die veränderte Ordnung bei uns zuhause gewöhnt. Wenn er vor mir stand, hat er seine Augen niedergeschlagen, obwohl er grösser war als ich. Und ich frag ihn, wer hat dir was getan, Machmûd, und er dreht mir zwei Augen zu, fraglos und furchtlos. Auch draussen ging das so. Wer hat dir was getan, Machmûd, frag ich ihn, und er schaut mich an, ohne zu antworten.

Sie haben Angst vor mir, sie und ihre Kinder. Die wenigen Schritte bis zur Treppe halten sie den Kopf gesenkt. Sie wissen, dass es mir nie entgeht, wenn sie unter meiner Tür vorbeigehen, und drum überqueren sie die Schwelle mit einem einzigen grossen Schritt. Ich habe Hadsch Salîm vorgeschlagen, das alte Tor durch ein neues, eines aus Eisen, zu ersetzen, aber er war nicht einverstanden. Das war damals, als er seine Backstube in Beirut aufgegeben hat und zurückgekommen ist, um im Dorf zu leben. Er war nur wenige Jahre weg, aber nach seiner Rückkehr hat er das Haus so umgestaltet, als hätte er sein ganzes Leben in Beirut zugebracht. In eines von seinen drei Zimmern hat er grosse Sofas gestellt und die Tür verschlossen. Und oben an der Treppe, die zur Terrasse führt, hat er ein niedriges Türchen eingebaut, über das jeder steigen kann, der die Füsse etwas hebt. Ich hab ihm vorgeschlagen, gemeinsam ein grosses, hohes Tor für das ganze Haus zu kaufen, aber er wollte nicht mitmachen. So hab ich es allein bezahlt. Aber ich habe mir angewöhnt, bei Nacht abzuschliessen und den Schlüssel bei mir zu behalten. Wir haben oft gestritten, wenn er, zurück vom abendlichen Ausgang, das Tor verschlossen vorgefunden und mit Händen und Füssen auf das Eisen eingetrommelt hat. Ich hab ihm empfohlen, für seinen Teil auf der anderen Seite eine eigene Tür einzubauen. Da hat er eine saure Miene aufgesetzt und ist zu sich rübergegangen. Ich hab ihm von meinem Platz aus nachgerufen, während er die Tür hinter sich schloss. Als er mich hörte, hat er die Tür nochmals geöffnet und mir sein bleiches, grimmiges Gesicht gezeigt. Er sagte etwas, was ich nicht verstand, weil ich schon losrannte, um ihn zu erwischen, bevor er die Tür geschlossen hatte. Bis zum Morgen hab ich an meinem Verdruss gekaut. Als ich ihn hörte, wie er sich in seiner Wohnung bewegte, bin ich aufgestanden und schimpfend und fluchend zu ihm rübergegangen und habe mit meiner Hacke auf die Wand von seiner Terrasse eingeschlagen, die er einen Meter auf meinen Grund und Boden vorgeschoben hat.

Bei seinem Begräbnis hab ich keine Träne vergossen. Nachdem er von seiner Krankheit völlig geschwächt war, hab ich ihn nur ein einziges Mal in seiner Wohnung besucht. Und das nur auf Drängen von meinen Kindern. Sogar Abu Fâjis hatte geschworen, er würde nicht an meiner Beerdigung teilnehmen, wenn ich nicht ginge. Hadsch Salîm schlief in seinem Bett. Seine Hände waren nur noch Haut und Knochen. Dein Bruder ist gekommen, Hadsch, hat ihm seine Frau gesagt, die er mit über siebzig geheiratet hatte. Da hat er die Augen geöffnet und mich mit dem Blick gesucht. Er hat weder eines von meinen Kindern angeschaut, die um mich rumstanden, noch seine Frau, die damit beschäftigt war, das Leintuch hochzuziehen, um ihm Brust und Hals zu bedecken. Während er mich betrachtete, schien er an etwas anderes zu denken, aber er hat den Blick nicht von mir abgewendet und den Kopf erst aufs Kissen sinken lassen, als sie ihm sagte, er sollte sich ausruhen. Da hat er seine Augen auf sie gerichtet, bevor er schliesslich zur Decke schaute. Seine Augen haben einen Grossteil seines Gesichts eingenommen, das durch Krankheit und Schlaf weiss und durchsichtig geworden war. Und immer, wenn er den Blick auf einen Gegenstand im Zimmer wandern liess, schien er ihm etwas zu sagen. In seinen letzten Tagen bekommt der Mensch das Aussehen zurück, das er bei seiner Geburt gehabt hat, hat mir Hadsch Farahât einmal gesagt. Jenes Aussehen, das er auch damals gehabt hat, als er vor mir stand mit seinen hervortretenden blauen Augen, als wollte er mich dafür tadeln, dass ich seiner Zuneigung auswich und mich wie ein erwachsener Mann im Haus benahm. Er war nicht älter als sieben oder acht Jahre, und ich hatte Mitleid mit ihm, nicht weil er so jung schon Waise war, sondern weil er schmächtig war und zu weite abgetragene Kleider anhatte.

Ich hab das Tor allein mit meinem Geld bezahlt. Ein grüngestrichenes Eisentor mit zwei Sternen oben dran, die jedem, der sich dem Haus nähert, entgegenleuchten. Wenn ich meinen Stuhl nahm und mich unter den Torbogen setzte, konnte ich von dort das ganze Haus und ebenso die ganze Gasse vom Platz bis zum Hauseingang überblicken.

Wenn die Frau mit ihren Kindern kommt, die noch klein und nur wenige sind, zwinge ich sie zu allerhand Massnahmen, damit sie mich beim Vorübergehen nicht belästigen. Sie schaffen es, an mir vorbeizukommen, aber wirklich erleichtert sind sie erst, wenn sie ihre Wohnung erreicht haben. Dann schliessen sie die Tür und machen sie nicht mehr auf, treten auch nicht auf den kleinen Balkon, der auf den Hof rausgeht. Sogar die Holzläden der beiden Fenster gegenüber von meiner Wohnung lassen sie immer geschlossen. Sie orientieren sich auf die andere Seite. Mir wird die Frau immer fremder und abgewandter, je mehr sie sich aufs Gespräch mit ihren Nachbarinnen konzentriert, die neben und hinter der Moschee wohnen. Sie hat ihr Haus mit den anderen Häusern verbunden, in denen Leute wohnen, die, so nehme ich an, trotz der Nähe anders sind als wir. Sie spricht mit ihnen so laut, dass ich es auf der Terrasse oder unter dem Torbogen noch hören kann. Wenn ich die schmale Gasse durchquere, bemerke ich sie, an den Rand gedrückt, als stünde sie dort schon seit langer Zeit.

Sie hat die Rückseite der Wohnung zur Vorderseite gemacht, hat sie sozusagen umgedreht und auf die andere Seite gekehrt. Hadscha Âmina, die erste Frau von meinem

Bruder Hadsch Salîm, hat sich nur gern auf der Seite zu meiner Terrasse hin, unten an der hohen Wand, aufgehalten. Die selige Fâtima wäre mehrmals beinahe gestürzt, als sie die hohe Stufe zur Hütte von Hadscha Sâhija runtergeklettert ist. Hadscha Chadîdscha hat ihr geraten, den leichten Durchgang zu benutzen, doch sie hat nur unwirsch gebrummelt, als hätte ihr jemand Vorwürfe gemacht oder behauptet, sie wäre uns lästig, weil sie mit uns in derselben Wohnung lebt.

Diese Frau da hat das Haus umgekehrt, nicht, um mit den Nachbarinnen zu sprechen, sondern um es auf die Wohnung ihrer eigenen Familie hin auszurichten, die sie aber wegen den vielen hohen Häuser dazwischen gar nicht sehen kann. Ich denke, dass sie die Enkel von Hadsch Salîm zu ihrer Familie rüberziehen will. Wenn ich einen von ihnen durch die Tür treten sehe, rufe ich ihn. Er kommt wortlos und verlegen näher. Ich frage ihn nach seinem Vater und schenke ihm eine ganze Lira.

3

Seit einem Jahr hab ich das Haus nun schon nicht mehr verlassen. Ich verbringe meine Zeit, indem ich mich zwischen der Küche, der Terrasse und dem hohen Bett hin und her bewege. Ebenfalls seit einem Jahr hab ich das alte Zimmer von meinem Vater nicht mehr betreten, wo der Fussboden inzwischen mit dem Staub bedeckt sein muss, der von der Decke herabfällt. Ich gehe nicht hinein, weil ich nichts darin zu tun hab. Es ist leer. Man hat die letzten Möbel rausgeholt, die sie zuvor an die Wand geschoben hatten. Sogar der Koranvers, mit dem die leere Fensterluke zugedeckt war, ist verschwunden. Sie warten darauf, dass die ganze Decke runterfällt und mit ihr die Balken, die sie tragen. Ich habe meinen Sohn Kâssim gewarnt, dadurch würden auch noch andere Räume in Mitleidenschaft gezogen. Er hat nichts darauf gesagt, hat mir nur die Decke bis zum Kinn raufgezogen und den Heizofen nähergerückt. Ich weiss, nach meinem Tod wird er das Haus verlassen und verkaufen. Er hat nichts gesagt, als sich die Frau einen zweiten Stock bauen liess, direkt neben uns und mit Balkonen, die so weit vorreichen, dass wir ihren Blicken ausgesetzt sind. Ausserdem hat er nie die Fenster repariert, an denen das Holz morsch ist und sich auflöst.

Sie haben das alte Zimmer völlig geleert. Schon zuvor haben sie mehrfach Möbel daraus entfernt, doch immer noch was drin gelassen, als Zeichen, dass sie wieder zurückkommen würden: einen alten Kühlschrank, ein Bett, einen grossen Tisch, der bei ihnen nicht reinpasste. Auch ich hab es als Abstellraum gebraucht. Nach Fâtimas Tod hab ich meine Gartengeräte darin untergebracht und bin immer mit meinen verdreckten Schuhen reingegangen, wohl wissend, dass Hadscha Chadidscha nie drin saubermachen würde. Einmal wollte mein Enkel wissen, warum wir den Boden so rot gefärbt hätten. Da hab ich ihn gefragt, was sie denn mit all dem tun würden, wenn ich einmal nicht mehr bin. Er ist vom Sofa aufgestanden und zur Tür gegangen. Wenn ich vom Tod zu reden anfange, halten sie das für das Ende der Unterhaltung und verlassen mich.

Ich bleibe in meinem Bett, auf das ich zwei Kissen gepackt habe, damit mein Kopf ein bisschen höher liegt. Eigentlich steh ich nur noch auf, um zur Küche oder zur Terrasse zu gehen. Wenn sie sich in ihrer Wohnung im Oberstock zusammenscharen, hab ich das Gefühl, meine Wohnung wäre zu gross für mich und ich wäre nicht imstande, sie in meinem Kopf unterzubringen. Ich stelle sie mir gross und vielfach aufgeteilt vor, als würde jedes Zimmer in eine andere Richtung zerren. Die Speisekammer mache ich gar nicht mehr auf; ich habe nichts darin zu tun. Ebensowenig in den beiden Kammern, die inzwischen auch leer sind. Ich kann mich nicht mehr erinnern, wann die Dinge verschwunden sind, die ich früher dort auf Regalen aufbewahrt habe. Einmal hab ich den Sohn von Abu Fâjis mit der Axt mit der sichelförmigen Klinge in der Hand aus dem Haus kommen sehen. Da hab ich ihn gefragt, wo er die hinträgt und warum er mich nicht um Erlaubnis gebeten hätte. Er blieb stehen, verstört und zitternd, während er sie hinter seinem Bein versteckte. Nimm sie, hab ich ihm gesagt, aber geh nicht nochmals in die Kammer. Viele

Dinge waren dort, an die ich mich nicht mehr im einzelnen erinnere, nur noch daran, wie sie wohlgeordnet auf den Regalen lagen.

Sie kommen alle zur selben Zeit ins Haus. Ich habe ja nie eine von all diesen Türen abgeschlossen, die so zahlreich sind, dass man glauben könnte, das ganze Haus bestünde aus mehreren Häusern. Sie hasten durch Türen und Zimmer, so dass ich gar nicht mehr unterscheiden kann, wer reinkommt und wer rausgeht, wenn ich da so sitze unter den Familienangehörigen von meinen Kindern und irgendwelchen Besuchern. Hadscha Chadîdscha hat immer ihre Bratpfanne neben uns auf die Terrasse gestellt und in aller Gemütsruhe vor sich hin gearbeitet, und ich habe geglaubt, mit ihrer Langsamkeit würde sie nie jemand satt kriegen von all diesen Leuten, die die Wohnung und die Terrasse füllten. Sie hat wohl drauf gewartet, dass eine von den Frauen sich anbietet, ihr zur Hand zu gehen. Sie essen im Stehen, wenn sie schliesslich die Eier aus der Pfanne nimmt, die zu braten sie eine Ewigkeit verbracht hat. Sie hatte keine Ahnung, wie sie sie füttern will. Ich sag ihr, sie soll die Schale mit Butter vom oberen Schaft im Fliegenkasten holen, doch geizig wie sie ist, zögert sie. Sie hat nichts in meinem Haus gelernt; sie hat aber auch nichts vergessen. Ihre Schwester Fâtima, die dauernd hungrig war, ist hinter dem Fenster gestanden und hat uns beim Essen zugeschaut, und mit dem Geld, das sie von den Kindern bekam, kaufte sie massenhaft Süssigkeiten, die wir nach ihrem Tod in grossen Mengen in ihrem Schrank gefunden haben.

Jetzt ist bei mir nur noch die Tür zwischen meinem Zimmer und der Terrasse offen. Die Tür zum Klo draussen ist sowieso seit langer Zeit geschlossen, und ich mache sie nie mehr auf, um zu sehen, was dahinter ist; ich weiss ja, dass sich eine dicke Schicht von schmierigem Staub auf dem Boden und an den Wänden abgelagert hat, die sich noch hartnäckiger der Reinigung widersetzt als der Kalk an den Glaskrügen. Auch in den Kuhstall da drüben, in einiger Entfernung vom Haus, gehe ich nicht mehr. Nur noch eine Tür. Und der kurze Weg von der Küche zum Bett und weiter zur Terrasse. Wenn jemand mal mein Alter erreicht, vermindern sich nicht nur die Leute um ihn herum, auch der Raum, den er braucht, vermindert sich.

Zweimal bin ich zu meiner Tochter Nâjifa gegangen, die vorne an der Gasse wohnt, die zu meinem Haus führt. Ich hab ihre Köpfe vom Tor aus gesehen, konnte sie aber nicht klar erkennen und habe geglaubt, es wären ihre Gäste, die da sitzen und die reine Landluft geniessen. Sie trugen Pyjamas, und als ich hinkam, sind sie aufgestanden und liessen mich Platz nehmen, haben aber nicht aufgehört, miteinander zu reden. Ja, sie sind sogar zum anderen Ende von dem langen Balkon gegangen und haben mich allein da sitzengelassen. Als ich aufstand, um zu gehen, hat nur Nâjifa davon Notiz genommen. Sie hat oben gewartet, während ich im matten Licht langsam die Treppe runterging. Sie wissen, dass ich beim Weggehen verärgert war, weil sie sich nicht um mich gekümmert haben, ja, weil ich ihnen völlig gleichgültig war. Ich habe sie noch ein weiteres Mal besucht, ganz zufrieden damit, die Autos zu betrachten, die gemächlich unter dem Balkon vorbeifuhren, und die Leute, die sich auf dem Platz drängelten. Ich war so begierig, mir nichts entgehen zu lassen, dass ich sogar den Kopf reckte, um ganz sicher zu gehen, ob jemand unter dem Balkon stand, den ich noch nicht gesehen hatte.

In meiner Wohnung höre ich nicht mal ihre lauten Stimmen. Die Leute draussen haben mich die drinnen ganz vergessen lassen, und als ich dann aufstehen wollte, war niemand mehr da. Die Wohnung war leer bis auf Nâjifa, die aus der Küche kam und oben am Geländer wartete. Ich habe mich nicht mehr umgedreht, als sie noch was zu mir sagte. Ich tat so, als wäre ich vollauf damit beschäftigt, mit meinen Füssen auf den Stufen eine Stelle zum Auftreten zu ertasten.

In meiner Wohnung bewege ich mich nur noch zwischen Küche, Bett und Terrasse hin und her. Sogar ins Zimmer von Hadscha Chadîdscha gehe ich nicht mehr, obwohl ich durch die offene Tür alles darin sehe. Auch die Wand, die Hadsch Salîm einen Meter auf meinen Teil vom Grundstück vorgeschoben hat, sehe ich nicht mehr. Ich gebe mich dem Gedanken hin, dass das alte Zimmer von meinem Vater zur Einöde geworden ist, die mich von der Familie seines anderen Sohnes trennt. Mir sind nichts als diese paar Schritte geblieben, die ich täglich zahllose Male bewältige. Ich bin es, der das Haus gebaut hat. Ich kenne jeden Stein darin. Ich bin sogar in den Brunnen runtergestiegen und habe mich mit dem Grund und den gewölbten Mauern vertraut gemacht. Die Männer sind um die Öffnung gestanden und haben das Seil runtergelassen, das mir um die Hüfte gebunden war. Damals war ich schon über siebzig, und ich habe keine langen Fisimatenten gemacht, bis ich runterging. Beim letzten Mal hatte ich, unten angekommen, Angst. Ich hab am Seil gezogen und ihnen zugerufen, sie sollten mich raufziehen. Meine Stimme ist rund und riesig auf mich zurückgefallen, als ob in den Spalten des Brunnens viele Münder verborgen gewesen wären, die mir alle antworteten. Die gewölbte Wand wurde nach oben immer enger und hat sich auf meine Brust gelegt. Plötzlich hatte ich sogar Angst, die Öffnung wäre zu eng für meinen Körper. Das Wasser um mich herum war ruhig und tot. Als sie mich endlich raufgezogen hatten, war ich völlig fertig und konnte kaum mehr atmen. Ich habe mich japsend auf den Rand gesetzt. Ja, ich habe sogar den Wunsch verspürt, dort bei ihnen zu schlafen, in meinen durchnässten Kleidern und meinem nackten Oberkörper. Nicht mein Körper hatte versagt, sondern mein Herz. Ich hatte Angst. Ich, der immer zu Hadsch Hussain Sâlich mit seinem Stierkörper gesagt hat, in einem grossen Körper wäre immer ein kleines Herz. Ich habe gemerkt, dass ich nicht lange am Brunnenrand bleiben sollte. Also hab ich mich, schwach und schwindlig, erhoben, konnte dann aber zwischen ihnen aufrecht stehen und bin in mein Zimmer gewankt.

Mein Herz war erschöpft, und ich wäre fast bei ihnen eingeschlafen, auf der blanken Erde. Ich hatte eine weisse Hose an, die mir kaum bis an die Knie reichte; mein Oberkörper war nackt, mager, hart und kräftig, eben so kräftig wie bei einem Siebzigjährigen, dessen Körper vom Schneid seines Herzens lebt. Mager, hart und kräftig, doch die Jahre hatten Knollen und Knoten an den Schultern, den Armen und der Brust hinzugefügt, so dass man den Eindruck haben konnte, die Knochen wären mit fortschreitendem Alter zahlreicher geworden. Doch ich habe darin eine Kraft gesehen wie zuvor schon in meinen grossen Füssen mit den ausufernden Knochen. Ich habe neue Schuhe immer gleich auf der Seite der vorstehenden Knochen mit dem Messer aufgeschnitten, sogar schon bevor ich festgestellt hatte, ob meine Füsse darin schmerzten. Als Hadscha Chadîdscha solche Knochen auch an den Füssen von meiner Tochter Bahîdscha sah, hat sie sich Sorgen gemacht und sich gefragt, ob die Ärzte was dagegen tun könnten. Als Bahîdscha dann älter wurde, hat sie angefangen, sich übertrieben zu schminken. Das würde es nur noch verschlimmern, hab ich mir gesagt, als ich sie so sah. Sie war nicht schön, als Frau, die mir glich. Bei meiner ersten Begegnung mit Hadscha Chadîdscha – das war zwischen unseren beiden Dörfern – hab ich weder meine Stimme verändert, noch meinen Blick abgewendet. Ich bin gross und aufrecht stehengeblieben, beide Füsse fest auf dem Boden. Frauen mögen an Männern nicht Schönheit, sondern Kraft. Ich habe gehört, wie ihre Nachbarinnen mich mit einer Zypresse verglichen, und sie hat nichts dazu gesagt. Sie ist barfuss zu mir aus ihrem Dorf gekommen. Und als ich ihr die Tür öffnete, hab ich gemerkt, dass sie schon eine Zeitlang davor gestanden hatte.

Ich habe die Männer um den Brunnen stehen lassen und bin in mein Zimmer gegangen. Ich habe gespürt, dass ich versagt hatte. Ich konnte meinen Körper nicht drahtig und aufrecht halten, ja, ich konnte nicht einmal die Beugung, die sich daran abzeichnete, verbergen. Da hab ich beschlossen, sofort wieder auf den Hof rauszugehen, um meine Angst aus ihren Köpfen zu tilgen und sie vergessen zu lassen, was passiert war. Sie sind immer noch beieinander gestanden, als hätten sie mich erwartet, und ich habe, um mein Bild bei ihnen wieder zurechtzurücken, nichts anderes gefunden, als draufloszureden. Ich hab ihnen erzählt, was mit meiner Saat passiert ist, nachdem Kühe, die ich nicht kannte, auf meinem Acker rumgetrampelt waren.

Aber sie haben nicht reagiert, haben nur ins Leere geblickt, als wollten sie sich Zeit lassen, mir Glauben zu schenken. Ich müsste ein weiteres Mal in den Brunnen runtersteigen und mich mit ihnen von unten unterhalten. Als ich zurück in meine Wohnung wollte, hab ich begriffen, dass es für mich am angemessensten wäre, den Brunnen in Furcht zu versetzen, nicht sie, die nur auf einen Augenblick wie diesen gewartet und ihn nun erlebt hatten. Ich habe mich über den Rand geneigt und die gewölbte Wand des Brunnens angestarrt, die nach unten zu weiter wurde. Ich stiess einen Laut aus, der, sich vergrössernd und verbreiternd, hinabsank und sich dort in alle Richtungen im Dunkel verteilte. Eine gewisse Zeit ist vergangen, und ich habe schon gemeint, der Laut wäre verschwunden und von der Wasseroberfläche verschluckt worden, doch er war nur ruhig, um sich zu sammeln und zu mir zurückzukehren, vergrössert und verbreitert, wie er hinabgesunken war. Ich habe mein Herz gestossen, mir zum Abenteuer einen oder zwei Schritte voranzugehen, und es dann eingeholt, indem ich meine Hände und meinen Kopf vorschob und meine Stimme erhob. Nicht, um ihnen Angst einzujagen, sondern um meine Kraft bei ihnen zu spüren. Bald nach diesem Vorfall hab ich die Brunnenöffnung zubetoniert, bis auf ein kleines Loch, um das Rohr nach oben zu führen, und ein etwas grösseres, um das Wasser rausfliessen zu lassen.

Ich bewege mich nur noch die paar Schritte zwischen Küche, Bett und Terrasse hin und her. Diese bewältige ich vielfach am Tage, vorbei an den angelehnten oder geschlossenen Türen. Mein Kompagnon in der kleinen Backstube, die wir im Stadtteil Aschrafîja hatten, hat mich immer gedrängt, wir müssten umbauen, weil nur zwei Kunden Platz hätten. Seiner Vorstellung nach sollten wir die hohe Theke nach hinten versetzen und verschmälern, oder den Schaukasten hinter unserem Rücken von der Mitte der Wand bis dicht unter die Decke versetzen. Weil er aber Angst hatte, unseren engen Besitz zu erweitern, hab ich beschlossen, auch seinen Anteil zu übernehmen und die hintere Backstubenwand durchzubrechen, um das Zimmer mit den beschädigten Wänden einzubeziehen. Gleich nachdem ich die gesamte Backstube übernommen hatte, hab ich sie erweitert, nicht nur um das demolierte Zimmer, sondern auch um das kleine Terrain dahinter. Bei Tag hab ich Brot verkauft, bei Nacht Geröll rausgeschafft, und so die Fläche der Backstube verdoppelt. Wenn ich die Hacken der Arbeiter sah, wie sie sich in die Erde pflanzten und sie aufrissen, hab ich das Gefühl gehabt, da läge die Erklärung für die Alpträume, die ich immer wegen der Enge hatte, die meinen Kompagnon und mich zwang, fast aneinanderzukleben. Einmal hab ich ihn im Traum nach einer Tür links vom Backofen gefragt, ein andermal nach einer in der Wand zum Klo, gegenüber von der Backofentür. Da hat er mich ebenso erstaunt angesehen wie ich ihn, hat aber nicht gewagt, sie zu öffnen. Als ich sie dann öffnete und sie den Blick auf zwei hintereinander liegende leere Zimmer freigab, hab ich ihn angeschaut und ihm erklärt, sie gehörten mir, da ich schliesslich die beiden Türen gesehen und den Mut gehabt hätte, sie zu öffnen.

Kaum hatte ich diese Backstube ausgebaut, da hab ich sie auch schon verlassen und mir diejenige am Dabbâs-Platz genommen. Sie war so gross, dass ich Schwierigkeiten hatte, die Arbeiter zu finden, die in irgendeiner Ecke schliefen. Mitten drin stehend, hab ich nach ihnen gerufen, worauf sie sich träge hinter den Backbrettern und den Mehlsäcken erhoben. Ganz flüchtig hat mich das Mitleid mit ihnen gepackt, wenn ich sie weckte und sah, wie sie sich umschauten, um sich zu orientieren. Sie hatten ja sicher von ihrem Dorf geträumt. Einer von ihnen ist müde und schwerfällig an der Tür vorbeigegangen, da hab ich ihn von da, wo ich stand, angerufen, worauf sein Körper nach vorn schnellte, als hätte ihn ein Riesenfuss getreten. Ich habe geglaubt, sie würden in Beirut unverändert bleiben, solange sie die Arbeitszeit dort dösend und die Pausen scherzend und lachend verbrachten. Doch sie haben ihre Gewohnheiten verändert, nachdem sie mich verlassen hatten. Sie haben sich mit anderen zusammengetan und in unterschiedlichen Gegenden von Beirut Backstuben übernommen, haben aber ihre Kompagnons schon nach kurzer Zeit weggeschickt und ausgewechselt. Keiner, der sie in meiner Backstube gesehen hat, hätte sie sich je als Haus- und Autobesitzer vorstellen können. Wenn ich sie traf, waren ihre Gesichter von der Plackerei fahl und eingefallen. Es war eine Fahlheit, wie sie mit Müdigkeit und langsamem Reden einhergeht. Immer wenn ich ins Dorf ging und die Rede auf einen von ihnen kam, hatte ich den Eindruck, man würde von einer mir unbekannten Person sprechen. Sogar mein Bruder, Hadsch Salîm, so alt wie ihre Väter, hat mit um die fünfzig das Dorf verlassen, um zu arbeiten wie sie. Er ist in seiner Backstube rumgehastet und unermüdlich zwischen seinen Arbeitern und Kunden hin und her gestolpert. Er hat die Brotlaibe mit beiden Händen gepackt, als wollte er sie möglichst lange bei sich behalten. Und wenn er das Rausgeld gab, hat er immer mehrfach nachrechnen müssen und Fehler gemacht. Dann liess er seine Hände sinken, als hätte er ganze Arbeit geleistet, kehrte dem einem Kunden den Rücken und wandte sich dem nächsten zu. Er hat mir leid getan. Ich sah ja, dass seine Bewegungen nicht seinem Alter entsprachen. Mir schien, er wäre sich nicht im klaren über die Zeit, die man zum Geldanhäufen braucht, und glaubte, seine Hingabe an die Arbeit würde ihn am Ende des Tages noch reich machen.

Er hat sich nicht getäuscht. Noch kein Jahr hatte er sich in Beirut niedergelassen, da war er auch schon geworden wie sie. In jenen Tagen reichte einem ein Jahr in Beirut, um genauso weit zu kommen wie diejenigen, die schon Ewigkeiten dort waren. Sie verliessen das Dorf, und wenn sie wieder zurückkamen, war bei ihnen nichts mehr wie zuvor. Mir schien, es wäre leicht, Geld anzuhäufen, sogar wenn man es allein im Schweisse des Angesichts erwarb. Das war in diesen Tagen leicht, und so mancher hat sogar seine Zeit in Beirut verbracht, ohne sich zu ändern. Wenn ich mich zu ihnen setzte, hab ich mit ihnen gesprochen wie schon immer, und sie haben sich verhalten wie immer. Und bei ihren Besuchen in den Häusern der Leute ist keine Veränderung an ihnen zu erkennen. Sie sprechen wie immer. Nur die Erinnerungen an ihre vergangenen Tage im Dorf stellen sich ein.

Der Bruder von Hadscha Chadîdscha schien das, was er anhäufte, für jemand anderen anzuhäufen. Er hat sich überhaupt nicht verändert, ja, er hat sogar geschwiegen, wenn sie begannen, über ihre Geschäfte zu sprechen. Er schien reich geworden durch einen Beruf, von dem er nichts verstand. Ich hab ihn beobachtet, wie er so dasass, schüchtern, und auf seinem Gesicht das Mienenspiel seiner Schwester. Ich war überrascht über seine Ähnlichkeit mit ihr, die um so stärker wurde, je länger ich ihn ansah. Das ging so weit, dass ich schliesslich erwartet habe, er würde aufstehen und wie sie in die Küche gehen. Ich hab ihn ganz speziell angesprochen und gefragt, wie es ihm so geht, damit er den Kopf heben und mich anschauen würde. Nicht aus Sehnsucht nach Hadscha Chadîdscha, die ich voll und ganz in ihm verkörpert sah, sondern um rauszufinden, wie die Zeit über die Toten hingeht und ob ihnen diejenigen weiterhin ähneln, die ihnen immer ähnelten. Ich hab ihm vorgeschlagen, zu bleiben, dann könnten wir zusammen essen, aber er war schüchtern und hat nicht gewusst, was antworten. Er ist zusammen mit ihnen gegangen, ohne sich nach mir umzudrehen, damit ich meine Einladung nicht wiederholen würde und er nochmals in Verlegenheit käme.

So war er auch, wenn er sie vor ihrem Tod besuchte. Er ist in einiger Entfernung von ihr stehengeblieben und hat wortlos das Beet unten an der Treppe betrachtet. Lange Zeit ist er regungslos geblieben, nur einige Schritte entfernt. Fâtima, ihre Schwester, war von ganz anderer Art und schien seltsam getrennt von ihnen. Sie ist in dem alten Zimmer geblieben und hat sich irgendwie beschäftigt gehalten, als ob er nur gekommen wäre, ihre Schwester besuchen. Wenn er wieder ging, hat er erst vergessen, sich von ihr zu verabschieden, ist dann aber, schon halb draussen, nochmals zurückgekehrt und hat Hadscha Chadîdscha gesagt, er hätte vergessen, bei Fâtima reinzuschauen. Diese war mehrere

Jahre älter als ihre beiden Geschwister, weshalb ich allemal gemeint habe, sie hätte keine Beziehung zu der Familie, wie ich sie kannte. Sie schien aus einem früheren Leben zu ihnen gestossen zu sein, das sie gelebt hatte, bevor sie sich ihnen anschloss.

Ich habe sie mit der Hand zum Vorgarten oder zum Kuhstall geschoben und sie angeschrien, wenn ich sie da stehen sah, mit gebeugtem Rücken. Ich habe geglaubt, sie hätte meine Schelte und mein Geschrei nicht verstanden, denn sie ist wieder genau wie zuvor stehengeblieben, kaum dass meine Stimme verhallt war. Erst als ich an ihr Sterbelager trat, hab ich gemerkt, was für eine abgrundtiefe Abscheu sie mir gegenüber hegte und wie weit sie sich darin verloren hatte. Hadscha Chadîdscha hat es gewusst, aber nichts gesagt, als würde es sich um ein Geheimnis unter Frauen handeln, die ja ihr ganzes Leben verbringen, ohne sich zu äussern. Sie hat es nicht seltsam gefunden, dass ihre Schwester mir nicht verziehen hat, und als sie mit ihr sprach, schien sie eine verständige Frau in ihr anzureden. Sie hat mir gesagt, ich sollte sie nicht ausschelten, damit sie nicht böse würde, und sie hat Qualitäten in ihr genannt, die ich nie gesehen habe. Wie kann eine in diesem Zustand böse werden, eine, die nur wegging, wenn ich sie schob. Ich kenne die Leute wirklich nicht, denn ich nehme sie nur nach ihrem Äusseren wahr. Nein, ich habe nie verstanden, wie Abu Hâschim auf seine Brüder gewartet hat, um gemeinsam mit ihnen ihre Mutter zu besuchen. Die Kinder versammelten sich immer unter ihrem Fenster, um ihren Selbstgesprächen zu lauschen und ihr zuzuschauen, wie sie ihre Hände an etwas arbeiten liess, was sie nicht erkennen konnten. Sie waren bereit, zu ihr zu gehen, und haben nur noch auf denjenigen gewartet, der sich unterwegs verspätet hatte. Dann sind sie allesamt zu ihr reingegangen.

Wenn ich auf der Strasse an ihrem Fenster vorbeiging und sie in der Dunkelheit ihres niedrigen Zimmers Selbstgespräche führen hörte, ist mir völlig klar geworden, dass sie niemand erkennt. Ich habe sie allemal gefragt, wie geht's, Afîfa, aber sie hat mir nicht geantwortet und mich auch nicht angeschaut. Sie hat weiter und weiter erzählt und dazu ihre Hände bewegt, als ob sie etwas abmessen würde, was sich ständig veränderte. Dann denk ich, das Altwerden ist schwer für die Frauen. Ihre Körper verändern sich rasch. Sie beginnen abzumagern, ihre Lippen werden dünn und ihre Augen verlieren den Glanz. Sie scheinen schon früh Züge des Greisenalters anzunehmen. Sie durchleben eine lange Zeit des Alterns, als ob ihre Seelen sie langsam und gemächlich während den ihnen noch verbleibenden Jahren verlassen würden. Hadscha Chadîdscha hat ihr hochgewachsener Körper geholfen, und ihre Züge und ihre Bewegungen haben nicht besonders früh angefangen zu altern. Aber sie hat bald keinen Sex mehr gewollt, ja, sie hat ihn förmlich verabscheut. Sie hat begonnen, ihren Jüngsten in ihr Bett zu stecken, wenn er schläfrig wurde, und ist dann selber klammheimlich schlafen gegangen. Ich hab ihr gesagt, es würde ihn verderben, in seinem Alter immer noch im Bett von seiner Mutter zu schlafen. Dann hab ich sie allemal in Beirut zurückgelassen, wenn ich für ein paar Tage ins Dorf ging. Bei meiner Rückkehr fand ich ein riesiges Menschenchaos im Haus. Meine Tochter Bahîdscha war damit beschäftigt, sich die Wimpern zu zupfen und das Gesicht zu bemalen, und hat auch im Haus ganz so ausgesehen, als wollte sie ausgehen. Ihre Schwester, die wegen ihrer Krankheit nur ganz dünnes Haar besass, hat die ganze Zeit mit Hausarbeit verbracht. Auch die Ehefrauen von meinen beiden älteren Söhnen haben sich in unserer Wohnung aufgehalten, ausserdem Verwandte, die zu Besuch kamen und dann lange blieben. Hadscha Chadîdscha sass unter ihnen, als würde sie dazugehören. Sie hatte sich so unter all den Frauen verloren, dass ich gar den Eindruck hatte, eine andere Frau würde die Hausarbeit verteilen und auch bestimmen, was Hadscha Chadîdscha zu tun hätte. Sie ist im Haus rumgegangen, ein Tuch auf dem Kopf, das andeutete, sie wäre völlig beschäftigt, und nass vom Spül- und Waschwasser. Es wurde immer chaotischer bei ihnen und ist soweit gegangen, dass sie schliesslich unfähig waren, ihre Zwistigkeiten zu verbergen, wenn ich bei ihnen war. Als meine Tochter Bahîdscha mir mein Essen brachte, hab ich mich nach den lauten Stimmen erkundigt, die ich beim Raufkommen gehört hatte. Sie ist grell geschminkt vor mir gestanden, und da wurde mir von ihrem Lächeln, das sie nach Belieben auf ihr Gesicht zaubern konnte, klar, dass sie die Lauteste war. Ich hab ihr die Haushaltsführung übertragen und ihr das Haushaltsgeld gegeben. Ich bin es, der sie dazu gebracht hat, dazustehen wie ein Mann, wenn sie mich in meiner Wohnung besuchen kommt. Sie bleibt nie lange. Nur gerade die paar Minuten, die sie braucht, um das Essen, das sie mitgebracht hat, aus ihren Taschen zu nehmen. Sie zeigt es mir, bevor sie es in den Schrank stellt. Dann zieht sie sich zurück, wie sie es schon als kleines Mädchen getan hat, das Gesicht voller Schminke und von einem grossen Lächeln überzogen.

Sie bleibt nie lange. Ihre Kinder lässt sie in einiger Entfernung zwischen dem grossen Tor und meiner Wohnung warten. Eines lehnt an der offenen Wagentür, ein anderes ruft irgendwo im Hof hin und wieder gerade so laut, dass sie es hören soll, ich dagegen nicht. Ein drittes tritt manchmal an mein Fenster, um ihr durch die Scheibe hindurch ein Zeichen zu geben. Keines der Jungen oder Mädchen kommt mehr rein. Kâssims Sohn, den ich so oft nach Nabatîja mitgenommen habe, geht, auf seinem Weg zur Treppe nach oben, rasch an meinem Fenster und meiner Tür vorbei. Sein Vater kommt selbst runter, um mir Tee zu machen, obwohl es in seiner Wohnung von Frauen wimmelt, seinen Töchtern und seinen Schwiegertöchtern. Wenn ich ihn gebeugt meinen Fussboden kehren sehe, hab ich das Gefühl, sie hätten uns beide aus ihrem Kreis ausgeschlossen. Wahrscheinlich hatte er oben schon lange schweigend dagesessen, bevor er sich aufraffte und zu mir runterkam. Wenn er näherkommt, um mit dem Besen auch unter dem Bett durchzugehen, würde ich ihn gern fragen, wie es ihm so geht, da mir sein Körper in einer Weise gebeugt scheint, wie es nicht zu seinem Alter passt. Doch er spricht mit mir nur über mein Essen. Also bin ich still, bis er fertig ist und schon an der Tür steht, bereit raufzugehen. Dann sage ich noch etwas, um ihn zum Verweilen zu bewegen.

Sie bleiben nur kurz. Wer sie im Haus sieht, wie sie rein- und rausgehen, könnte meinen, ich hätte den ganzen Tag Gesellschaft. Sie finden, dass die Zeit bei mir nur schwer vergeht, aber sobald sie ihre Füsse über die Schwelle setzen und rausgehen, werden ihre Bewegungen langsamer und alles geht gemächlich seinen Gang. Die Zeit, die meine

Tochter Bahîdscha mit ihnen rumsteht und schwatzt, dort oben, im Stockwerk über mir, auf dem Balkon, ist ein vielfaches von dem, was sie bei mir verbringt. Ich höre sie noch immer mit ihnen sprechen, wenn ich von meinem kurzen Nickerchen aufwache, das ich begonnen habe, nachdem sie zu sprechen anfing. Ihre Kinder drängen dann nicht mehr zur Eile. Derjenige, der an der offenen Autotür stand, nähert sich sogar ein paar Schritte dem Haus und ruft ihnen, nicht weit von seiner Mutter entfernt, ein Grüss Gott zu.

Ich gehe erst aus meinen Zimmer, wenn sie das Haus verlassen haben und niemand mehr da ist. Dann ist alles leer, und ich setze mich auf der Terrasse auf meinen Stuhl und beginne, in der Ruhe, die sie zurückgelassen haben, zu sinnieren. Inzwischen ist es nach Sonnenuntergang, und ich bin nicht mehr in der Lage, das grosse Tor auszumachen. Das Getöse oben wird schwächer. Sie ziehen sich von den Balkonen in die dann gedrängt vollen Zimmer zurück. Ich stütze mich mit dem ganzen Arm auf das steinerne Geländer und beschliesse, hier eine Zeitlang zu verweilen. Nach und nach höre ich immer weniger von ihnen da oben, und ich erkenne auch nicht mehr das Ende der vier Stufen zwischen dem Hof und meiner Wohnung. Ich döse nicht ein, denn gleich würden sie wieder aus ihren Zimmern auf die Balkone treten und von neuem mit ihrem Lärm beginnen.

4

Mir kommt es vor wie die Erinnerungen an andere Männer, als wäre er ein anderer, dieser Junge, der die Hirten mit Steinen und mit Schimpfworten bewarf, wenn sich ihre Kühe aufs Land von seinem Vater vorwagten. Oder ich wäre jemand, der vorübergeht oder drinnen in der Backstube sitzt, wenn derjenige, der ich war, seinen Fuss auf die weissen, ausgetretenen Marmorplatten am Eingang setzt. Immer wieder denk ich dran, wie sie so dastanden und plauderten hinter der offenen Tür, die auf die schmalen, viereckigen Ackerstückchen rausführte, die meinem Onkel, Scheich Machmûd, gehörten. Aber ich weiss nicht, ob man mir das erzählt hat, oder ob ich es mit eigenen Augen gesehen habe. Sie sprechen, aber ohne Stimmen. Ich sehe von ihnen nur die Oberkörper, eng aneinandergepresst, während sie sich schubsen, im Versuch, zu einem Mann zu gelangen, bei dem es sich vielleicht um Scheich Machmûd selbst handelt.

Geschehnisse, in denen Gesehenes und Erzähltes gleichwertig sind. So weit bin ich von ihrer alten Wurzel entfernt. Und wenn ich mich als kleinen Jungen sehe, der andere Kinder mit Steinen bewirft, so geschieht das in der Art, wie es mir aus einem späteren Lebensabschnitt in Erinnerung ist. Es kommt mir vor, als würde ich mich an meine Erinnerung von den Dingen erinnern, nicht an die Dinge selber. Sie erscheinen nebelhaft, wie von weissem Staub bedeckt, abgeschnitten und ohne Weg zur Überbrückung der Distanzen, die mich von ihnen trennen. Sie sind wie

Fetzen, verstreut über eine weite Fläche. Und wenn ich mich ihnen in meiner Erinnerung nähere, hab ich den Eindruck, in einem alten, fremden Land zu sein. Also hör ich auf damit, verlasse mein Bett oder meinen Sessel beim Geländer der Terrasse und lenke mich damit ab, dass ich an etwas denke, das noch nicht zur Erinnerung geworden ist. Daran zum Beispiel, was mir mein Sohn Kâssim gesagt hat, bevor er wegging, oder an den Lärm der Kinder, die viel im Hof gespielt haben, früher mal, bevor sie in ihre eigenen Häuser gezogen sind.

Die beiden Männer aus der Familie des Muezzin, die am Wegrand sassen, hungrig und mager, auch von ihnen hat man mir offenbar erzählt. Sie sahen seltsam aus, mit ihren Augen, die in ihren ausgemergelten, blöden Gesichtern ganz gross wirkten. Als sie mich anschauten und ihre Hände zu mir hinstreckten, hab ich es mit der Angst zu tun bekommen. Ob das etwas ist, was man mir erzählt hat, oder etwas, was ich irgendwann früher einmal im Traum gesehen habe? Ich schlage mit einer raschen Handbewegung die Decke zurück, als wollte ich ein Ungeziefer verjagen, das mir auf die Brust gesprungen ist, und stehe auf.

Als ich mit den Füssen auf den Boden kam, hab ich gemerkt, dass ich noch nicht wach war: das Bild der beiden hungrigen Männer hatte sich noch nicht entfernt. Ich habe meine Hand ausgestreckt, um meinen Stock zu nehmen, und bin aufgestanden. Mein Stuhl war gegen das Geländer gelehnt; Kâssim hat also, bevor er raufging, auch die Terrasse gefegt. Sie sassen auf dem Balkon über mir, ihre Stimmen drangen an mein Ohr. Laut waren sie nicht, und ich war sicher, dass keine Kinder dabei waren. Sie schicken sie raus, um allein zu sein. Dann trinken sie den Kaffee, den ihnen meine Schwiegertochter kocht, um sie möglichst lange dazubehalten und sich mit ihnen unterhalten zu können. Auch auf dem Balkon von meiner Tochter Nâjifa wird Kaffee getrunken. Sie sitzen da in ihren Pyjamas, ruhig, als ob der Lärm vom Platz unten nicht nach oben dringt. Ich weiss nicht, wann sie wieder nach Beirut gehen, weil sie sich ja nicht von mir verabschieden. Wenn sie mich sehen, zeigen sie keinerlei Reaktionen auf ihren Gesichtern, aus denen ich schliessen könnte, ob sie gerade erst angekommen oder schon längere Zeit da sind. Ich hab ihnen die Wohnung in Beirut überlassen. Wenn sie was von mir wollen, kommen sie alle Mann hoch, samt Kindern, als müssten sie gegenseitig ihre Absichten kontrollieren. Als mein Schwiegersohn eine Verzichtserklärung und ein Tintenfass aus der Tasche zog, hab ich gewusst, dass sie die Absicht hatten, die Sache auf einen Sitz zu erledigen. Ich habe meinen Daumenabdruck gegeben. Danach sind sie gleich auf ihren Plätzen unruhig geworden. Mein Schwiegersohn hat das Papier zusammengefaltet und in die Tasche gesteckt und war drauf und dran, sofort nachhause zu gehen. Nâjifa hat mir etwas Wasser gebracht, um die Tinte von meinem Daumen abzuwaschen. Die Wohnung in Beirut war weit oben im Haus, und als ich das letzte Mal raufstieg, musste ich mich zwei Stockwerke vor dem Ziel auf der Treppe ausruhen. Als Nâjifa runterkam, um mir zu helfen, hab ich mich daran erinnert, wie meine Söhne Kâssim und Nâjif einmal die fünf Stockwerke runterrannten, um ihre herzkranke Schwester raufzutragen. Diese sass, schmächtig wie sie war, auf einem Stuhl, und ihr üppiges Haar liess ihr Gesicht vor der Zeit sterben. Man hatte ihr im grossen Zimmer mit dem Balkon eine Matratze hingelegt, auf der sie ihre langen schlaflosen Nächte verbrachte. Schlaf nur, schlaf, damit du gesund wirst, haben sie ihr gesagt, doch sie hat sie nur mit diesen Augen angestarrt, die täglich weiter und grösser wurden.

Nâjifa hat den Tag über allein im Haus gewirkt. Ihr Mann und ihre Kinder sind immer erst am Abend nach der Arbeit zurückgekommen. Der Bezug vom Kanapee im Salon, wo ich meine Zeit verbrachte, glich dem Stoff, aus dem sie ihre Kleider schneiderte. Sie hat die Wohnung nach ihrem Geschmack umgestellt und sich angepasst, nachdem sie alle anderen rausgedrängt hatte. Sogar die Beine vom Kanapee, die sich nach unten verjüngten, waren dem unteren Teil von ihren dünnen Beinen ähnlich. Ich habe den Tag gelangweilt verbracht, weil sie nie die Küche verliess, um mir Gesellschaft zu leisten. Wenn ich sie rief und sie dann bat, mir in dem kleinen Radio irgendeinen Sender zu suchen, hat sie den Apparat mit beiden Händen geschüttelt, als wollte sie ihn mit Gewalt zum Reden bringen, um schnell wieder in die Küche zurückgehen zu können. Wenn ihre spärliche Geduld erschöpft war, hab ich ihr gesagt, sie sollte mir den Apparat zurückgeben. Ich hab ihn beschämt und verlegen an mich genommen und ihn, da er gleichzeitig mehrere abgehackte Stimmen von sich gab, abgeschaltet und neben mich gestellt. Wenn sie mit dem Tablett kam, von dem der Dampf aufstieg, hab ich nur ein wenig zu mir genommen. Das hat sie wütend gemacht, weil ich ihrer Meinung nach nicht einmal genug gegessen habe, um meine Dankbarkeit zu zeigen. Trotzdem hat sie mich ganz liebenswürdig aufgefordert zu essen. Iss, Papa, iss. Aber ich habe die Decke hochgezogen und mich auf die andere Seite gedreht. Ich habe meine Zeit in Beirut gelangweilt und untätig verbracht. Das Gebäude hab ich nur im Augenblick unmittelbar nach dem Aussteigen aus dem Taxi gemocht, wenn ich zu den Balkonen hochschaute.

Als ich noch dort wohnte, bin ich die fünf Treppen aufrecht und mit erhobenem Haupt raufgegangen, ohne mich auch nur ein einziges Mal auf das Geländer zu stützen und ohne mich zu verschnaufen. Damals haben viele Leute dort gewohnt, und ich habe sie allemal beim Rauf- und Runtergehen getroffen und geglaubt, sie würden irgendwohin nach oben gehen und dann wieder runter, wenn sie ihr Geschäft dort erledigt hätten. Bei dem grossen Fenster zwischen dem dritten und vierten Stock standen immer zwei Frauen, die sich mir, wenn ich auftauchte, sofort zuwandten, um mit mir zu schäkern. Doch ich habe nur abweisende Blicke für sie gehabt und bin weiter raufgestiegen. Meine Söhne, die erst kurz verheiratet waren, müssten wohl, so hab ich immer geglaubt, noch zu jung sein für die Frauen von Beirut, die sofort auf mich zusteuerten, wenn sie die Backstube betraten, und niemals was von ihnen verlangten. Ich bin weiter zur Wohnung raufgestiegen, an der die Tür immer offen war. Es haben viele Leute drin gewohnt. Ich erinnere mich an sie, aber Hadscha Chadîdscha seh ich nicht unter ihnen. Irgendwie schiebt sich bei mir die Sommersaison dazwischen, die sie allein im Dorf verbrachte und die sich immer länger ausdehnte und schliesslich die Hälfte meines Wohnens in Beirut ausmachte.

Wenn ich ihnen sagte, sie sollten mich ins Dorf zurückbringen, haben sie mir entgegnet, ich sollte noch zwei Tage warten, bis sie ihren freien Tag hätten. Ich habe das gewollt, weil ich begriff, dass ich ihnen die Wohnung überlassen könnte, in der ich mich sowieso nicht wohl fühlte. Ich hab ihnen meinen Daumenabdruck auf das Papier gemacht, wegen dem sie allesamt kamen; schliesslich hielt mich nichts mehr darin. Ich hatte das schon beschlossen, bevor sie kamen, aber dann hab ich mich doch geärgert, als ich sah, wie mein Schwiegersohn über das Papier frohlockte und es sauber faltete, während seine ruhelosen Augen verrieten, dass er längst an anderes dachte als an uns und sich sozusagen innerlich gratulierte. Ich hab aufgehört, ihn anzusehen. Ich wusste ja, was ich für einen Eindruck auf sie machte mit meiner dicken Brille, durch die ich sie anstarrte. Ich kann damit nicht insgeheim von der Seite schauen, wie sie das tun. Ich muss Dinge mit dem ganzen Kopf ansehen, ja sogar mit dem Körper. Wenn ich etwas anschaue, höre ich die Stimmen um mich herum nicht mehr. Mein Schwiegersohn hatte schon alle meine Söhne, die bei mir wohnten, vertrieben. Nicht mit Gewalt, nein, durch sein Stillschweigen, seinen schweifenden Blick und seine Selbstgefälligkeit, wenn immer ihm etwas gelungen war, als ob er zusammenrechnen würde, was er von den Anwesenden zu erwarten hätte. Sein Vater Hadsch Salîm und ich, wir haben uns unablässig wegen dieser Wand gestritten, die er einen Meter weit auf meinen Teil vom Grundstück vorgeschoben hat. Ich habe voller Wut mit meiner Hacke auf die Wand eingeschlagen, als hätte ich sie so zerstören können. Derweil ist er in seiner Wohnung gehockt und hat einerseits Angst vor mir gehabt, hat andrerseits aber auch über mich gespottet. Ich schlug noch mehrmals auf seine Wand ein. Und ihm hab ich dann meine Wohnung vermacht, nachdem er meine Söhne, einen nach dem anderen, daraus vertrieben hatte. Ich hab ihm meinen Daumenabdruck auf das Papier gesetzt, worauf er wie sein Vater wurde, mit diesem geistesabwesenden Blick und diesem unruhigen Herumrutschen. Zweimal hab ich ihn in seinem Haus im Dorf besucht, und beidemal liess er mich auf einem Stuhl Platz nehmen und trat mit seinem Schwager und dessen Bruder ans andere Ende vom Balkon. Es war völlig richtig, den Mädchen kein Land als Erbe mitzugeben. Das hätte ja nichts anderes geheissen, als meinen Besitz ihren Ehemännern und dann deren Kinder zu vermachen. So hätte Gott das nicht vorgesehen, hat mir Sajjid Mahdi versichert. Ich habe meine drei Söhne genommen und bin mit ihnen über meine Landstücke gegangen, die über die ganze Dorfgemarkung verstreut sind. Den Mädchen hab ich nur das kleine Stück mit dem Dreschplatz überlassen, um das sie sich dann bis zum Tod von meiner Ältesten gestritten haben. Ich bin überzeugt, am Ende dieser langen Jahre, die ich gelebt habe, dass es so richtig war. Die Kinder der Töchter sind uns nahe, solange sie noch klein sind, doch je älter sie werden, desto mehr entwickeln sie sich weg von uns. Sie entfernen sich. Die Kinder von Bahîdscha bleiben immer draussen, wenn ihre Mutter mich besuchen kommt, und nur selten sehe ich sie, mager und mit langem Kopf, wie alle aus der Familie von ihrem Vater. Nein, den Mädchen hab ich kein Land vererbt. Nur das kleine Stück, um das sie sich dann gestritten haben, obwohl sein Verkauf nicht genügend eingebracht hätte, die Kosten zu decken, wenn sie mit der Sache vor Gericht gegangen wären. Als Sajjid Mahdi mir empfahl, ich sollte den Mädchen auch noch das Stück Land geben, das ich für mich zurückbehalten hatte, hab ich ihm gesagt, das würde ich behalten, um meine Zukunft zu sichern. Da hat er gelacht. Ich hätte eine Ausdrucksweise, wie sie sonst nur jüngere Leute als ich benutzten, hat er gemeint. Hadscha Chadîdscha war damals noch am Leben, aber sie war schon gebrechlich und wurde immer schwächer, obwohl sie nicht krank war. Sajjid Mahdi hat nochmals gelacht, als er verstand, dass ich noch zu Dingen bereit war, die das Vorrecht von jüngeren Leuten sind. Sie hat ihre Zeit schlafend im Bett verbracht, und wenn sie einmal aufstand, torkelte sie mit unsicheren Schritten aufs Klo. Ich habe geglaubt, sie würde sterben. Drum bin ich, in Schale geworfen und frisch rasiert, nach Marwanîja gegangen, um Bekannte aus alten Zeiten zu besuchen. Die Frau, zu der sie mich brachten, war eine Witwe, kaum älter als vierzig. Da sass ich nun unter ihnen, frisch rasiert, im Anzug und mit Tarbusch, wodurch ich grösser wirkte als sie, die viel redeten und ihre Rücken gebeugt hielten, als wollten sie mich rausragen lassen. Die Frau war schlank und fein und hat nicht recht gewusst, ob sie ruhig sitzenbleiben oder hin und her gehen sollte. Sie war unschlüssig. Als wir aufbrachen, haben die anderen behauptet, sie wäre ungewöhnlich unruhig gewesen. Meinen zweiten Besuch bei ihr hab ich allein gemacht. Ein ganze Zeitlang hab ich vor der Tür gewartet, in der Hand eine Tüte, gefüllt mit Seife, Parfüm und Strümpfen, wie sie die Frauen in Beirut tragen. Ihr Haus kam mir enger vor als beim ersten Mal, und als ich eintrat, bin ich ohne zu zaudern sofort auf den Platz zugegangen, wo ich beim vorigen Mal gesessen hatte. In dem Hauskleid, das sie rasch übergezogen hatte, ist sie mir noch jünger vorgekommen. Und ich, der ich vergessen hatte, wie man mit Frauen spricht, habe versucht, nicht so aufzutreten wie vor den Frauen meiner Söhne. Ich habe meine Stimme und meine Haltung verändert und einen anderen Gesichtsausdruck angenommen, als wenn ich mit Männern zusammen war. Sie hat sich erkundigt, ob ich nicht müde wäre vom weiten Weg und ob ich Hunger hätte und sie etwas zu essen machen sollte.

Ich bin dann nicht lange bei ihr geblieben und hab ihr Haus nie mehr aufgesucht. Als ich mich von ihr verabschiedete, hat sie ganz ruhig gesprochen und sich dann ganz bewusst dicht neben mich gestellt, ohne ein Wort zu sagen. Da hab ich gesehen, wie klein sie neben mir war, und mich über meine Körpergrösse gefreut, zumal auch sie zufrieden schien, als sie verschämt den Kopf hob, um mich anzusehen.

Es war das erste Mal, dass meine Kinder mir gegenüber die Stimme erhoben. Kâssim hatte, das hab ich gemerkt, seine Ansprache schon in Beirut geprobt und die ganze Fahrt über geschwiegen und nur mit sich selbst gesprochen, damit sein Zorn nicht verflog und sein Ziel verfehlte. Sie blieben alle drei stehen. Wahrscheinlich haben sie angenommen, wenn sie sich setzen würden, könnte ich das zunichte machen, weswegen sie gekommen waren. Sie haben nicht viele, dafür aber deutliche Worte gesprochen, und das neben Hadscha Chadîdscha, die in ihrem Bett schlief. Als sie gingen, haben sie nicht einmal zurückgeschaut. Mit zornroten Gesichtern sind sie die vier Stufen in den Hof runtergegangen. Vom Fenster aus hatte ich den Eindruck, ihre grossen Körper wären erschöpft und aufgebraucht von der Arbeit und vom Rumsitzen im Haus. Ich habe mich vor

Hadscha Chadîdscha geschämt und bin nicht mehr in ihr Zimmer gegangen, aber ich hab auch das Haus nicht verlassen. Ich bin zwischen meinem Zimmer und der Küche hin und her gelaufen und hab allerhand Geräusche erzeugt, um den Anschein zu erwecken, ich würde Töpfe verstellen. Erst als ich ihre Stimme hörte, bin ich zu ihr rübergegangen. Ich liess sie auf einem Stuhl auf halber Distanz Platz nehmen. Sie schnaufte schwer, und ihr weisses Haupt wiegte nach rechts und nach links, als wäre sie es leid, über die Schmerzen zu klagen, die sie nie verliessen. Sie hat nichts gesagt. Es war, als wäre sie nur rausgekommen, um sich mir zu zeigen. Sie war nicht zornig, sie hat nur gelitten. Als ich sie in ihr Bett zurückbrachte, hat sie vor Kälte gezittert. Ich habe sie zugedeckt und bin neben ihr sitzengeblieben, bis sie eingeschlafen war.

Ich hab ihnen mein Land gegeben, und sie haben es, nachdem sie es einmal besassen, kaputt gemacht. Sie haben die Bäume verdorren und die Wege von Dornengestrüpp und hohem Gebüsch zuwachsen lassen. Immer wenn ich daran denke, hab ich den Eindruck, mein Land gehörte nicht mehr zu unserem Dorf, sondern hätte sich an die Gemarkung der Nachbardörfer angeschlossen. Ich hab es, bei allem Unterschied, doch als dazugehörig betrachtet, und ich konnte es von meiner Dachterrasse aus von den Grundstücken unterscheiden, die es umgaben. Sogar auf diese Entfernung konnte ich die feine Linie ausmachen, die mein Land von demjenigen meines Bruders Machmûd trennte.

Ich habe mein Land rasch an sie abgegeben, als ich die siebzig überschritt. Ich habe gewartet, dass sie ins Dorf kämen, und bin die ganze Zeit bei ihnen geblieben, die verdrossen dastanden und auf das Essen warteten, um sich damit zu beschäftigen. Nachdem die Übergabe abgewickelt war, wurden sie noch verdriesslicher. Sie sassen da, ihre kleinen Kinder bei sich. Einer stand dauernd auf und ging zu seiner Frau, um sich mit ihr zu unterhalten, als verbrächte er nicht alle Nächte in ihrem Bett. Es fällt ihnen nicht ein, Hadscha Chadîdscha zu sagen, sie sollte den Kochtopf sein lassen, der so dicht neben ihr steht, dass sie sich fast daran verbrennt und nicht weiss, wie sie ihn drehen und wenden soll. Sie starrt die ganze Zeit darauf, und als sie gehen, tritt sie an die Brüstung der Terrasse, die Arme über dem Bauch verschränkt. Sie verabschiedet sich von ihnen, ohne die Gelegenheit gehabt zu haben, sich mit ihnen zu unterhalten. Das hat wohl damit zu tun, dass sie alle zusammen gekommen sind, und deshalb halt ich einen noch zurück, nachdem seine Brüder schon rausgegangen sind, und bitte ihn, doch noch ein wenig zu warten, bis die Sonnenhitze nachgelassen hätte. Er wartet zwar, bleibt aber an der Brüstung der Terrasse stehen, ohne dass sich seine Augen von dem hohen Tor und den Autos lösen, die draussen vorbeifahren.

Ich hab ihnen auch das Haus überlassen, in dem ich wohne. Mein Sohn Kâssim hat die Decke des alten Zimmers baufällig werden lassen und nicht einmal den Staub und die Steinchen vom Boden entfernt. Auch für den Kuhstall hat er keinen Blick, wenn er von seiner Wohnung runterkommt. Wenn ich einmal tot bin, möchte er das Ganze verkaufen. Er schielt schon nach den Häusern, die man am Dorfrand gebaut hat, und vergleicht damit unser altes Haus, in dem die Zimmer weit auseinanderliegen. Er glaubt, wegen dem Mist, der im Kuhstall auf dem Boden klebt, könnte man diesen Raum für nichts mehr gebrauchen. Meinem Jüngsten ist das Land, das ich an ihn vererbt habe, völlig gleichgültig. Wenn er von Beirut kommt und die anderen ihn darauf ansprechen, macht er sich darüber lustig, als wollte er mir zu verstehen geben, dass es nicht lohnt, auch nur davon zu reden. Er geht nicht einmal, es anzuschauen. Weil ich dachte, er hätte weniger bekommen als seine Brüder, wollte ich ihm sogar das einzige Stück Land versprechen, das ich für mich behalten habe. Wenn mich einer von ihnen zweimal kurz hintereinander besucht, sage ich mir, ich hätte ihn wohl bei der Teilung ungerecht behandelt. Mein jüngster Sohn kommt allein, ohne seine Familie, und setzt sich eine Zeitlang mir gegenüber, ohne etwas zu sagen. Er bringt mir Wasser, wenn ich darum bitte, und wenn ich aufstehen will, reicht er mir beide Hände. Wenn wir allein sind, scheint er mir sehr nahe. Dann spreche ich mit ihm wie damals, als er noch ein kleiner Junge war. Ich hab ihm schliesslich das Land gegeben, das ich für mich behalten hatte. Sogar die beiden Mädchen kommen mir näher, wenn sie mich öfters besuchen. Meine Tochter Bahîdscha holt das Essen, das sie mitgebracht hat, aus ihren Taschen, dann macht sie sich daran, das Zimmer um mich herum aufzuräumen, und ich erzähle ihr von ihrer Schwester. Genauso erzähle ich ihrer Schwester von ihr, während ihre Kinder ungeduldig wartend rumstehen.

Es braucht nicht viel, um mich zufriedenzustellen. Ich bereue, was ich über meine Tochter Nâjifa gesagt habe, weil ich überzeugt war, sie käme mich nie mehr besuchen. Ich hab in der Gegenwart von allen vieles über sie gesagt und gar nicht mehr gewusst, wie aufhören. Auch mein Entschluss, in mein Zimmer zu gehen, hat nichts genützt. Ich bin zu ihnen zurückgekehrt, nachdem ich schon fast wieder dort war. Aber bevor ich reingehe, fällt mir etwas ein, und da steigt in mir der Zorn auf. Ich drehe mich um, um ihn bei ihnen rauszulassen. Mein Stock wackelt, und ich zittere und werde ziemlich laut. Sie hören mir eine Zeitlang zu, dann nehmen sie ihr eigenes Gespräch wieder auf. Eine sieht die andere an, und sie beginnen, sich miteinander zu unterhalten. Einige Zeit vergeht, bis ich mich schliesslich wütend in mein Zimmer zurückziehe. Im oberen Stock vom Haus von meinem Bruder Hadsch Salîm steht schweigend die Frau auf ihrem Balkon. Sie ist rausgekommen, um mit anzuhören, was ich von mir gebe. Aber sie blickt rasch auf die andere Seite, noch bevor ich sie anschauen kann, weil ich erst anhalten und den Kopf ganz in ihre Richtung drehen muss. Wegen ihr hab ich einen weiteren Schimpfschwall gegen meine Tochter Nâjifa losgelassen und bin dann rasch und wackelig zu den vier Stufen gegangen, die ich auch so schnell es ging hinter mich brachte.

Die Frauen blieben, gemeinsam mit ihren Männern, in den Lücken zwischen ihren Autos stehen. Ich weiss genau, dass sie, über die Dächer ihrer Autos hinweg, über mich reden. Sie haben nur darauf gewartet, dass ich reingehe, damit sie loslegen können. Ich setze mich auf meinen Stuhl. Die Zigarette in meiner Hand zittert. Die Männer haben sie reden lassen. Sie standen bloss da, halb zögernd, halb gelangweilt, und machten den Eindruck, als würden sie drauf warten, dass von den oberen Stockwerken jemand runterkommt. Erst als ich von meinem Stuhl aufstehe, beginne ich zu bereuen, was ich getan habe. Der Lärm hat sich gelegt, der meinen Kopf füllte. Er nahm langsam ab, bevor es ganz ruhig wird und ich aufstehe und zum Waschbecken gehe. Als meine Tochter Nâjifa kam, hab ich zu ihr gesagt, sie sollte die zehntausend Lira hüten, die auf dem obersten Schaft im Schrank liegen. Sie nimmt sie, obwohl sie weiss, dass ich sie ihr nicht für lange Zeit überlassen und bald jemand anderem geben würde, der mir passt. Als Kâssim mich nach dem Geld fragt, denk ich eine Zeitlang nach, bevor ich ihm antworte. Er sagt mir, ich sollte es für mein Essen verwenden, doch ich erwidere ihm, es wäre für meine Beerdigung bestimmt. Da wird er wütend, weil er weiss, dass ich das nur sage, um ihm zu verstehen zu geben, dass ich allein bin und dass niemand mich besucht. Er sagt mir aber nicht, dann wäre ich ja nicht mehr am Leben und müsste nicht den Leichenschmaus bezahlen oder den Koranleser entlöhnen.

Ich überlasse ihnen abwechselnd die zehntausend Lira, und vergesse, bei wem ich sie jeweils deponiert habe. Gerade will ich meine Tochter Nâjifa danach fragen, da fällt mir ein, dass sie bei ihrer Schwester sind. Sie hat sie mir gebracht am Tag, nachdem ich sie danach gefragt hatte. Ich bin auf dem Bett gesessen, und sie hat sie mir in die Hand gelegt, um mir zu verstehen zu geben, dass sie mir einen Dienst erwiesen hat, indem sie sie aufbewahrte. Wenn das Geld bei mir ist, weiss ich nicht, was ich damit tun soll. Ich hab ihnen die Wohnung überlassen, in der ich lebe, weil ich nicht mehr weiss, was ich mit all meinen Sachen anfangen soll. Wer etwas besitzt, muss in der Lage sein, allein aus dem Haus zu gehen, während ich tagelang warte, dass einer von ihnen kommt und mich zum Haarschneiden oder zum Rasieren mitnimmt. Sie fragen mich, warum ich mein Haar so lang wachsen lasse. Ich schweige und antworte nichts. Aber sie stellen die Frage kein zweites Mal, weil sie wissen, dass dann mein Verdruss ausbrechen könnte.

Ich lasse meine Hand durch meinen Bart gleiten und finde, dass er frisch und lang ist. Damit tröste ich mich. Doch ich stehe wartend neben ihren Autos, um jederzeit meine Stimme zu erheben, wenn mich einer von ihnen fragt, warum ich denn so dastehe.

5

Die Frau, die oben im Haus von meinem Bruder Hadsch Salîm wohnt, sehe ich, dagegen sehe ich meine Schwiegertochter nicht. Sie reden stundenlang miteinander, mit gedämpfter Stimme, die nur sie verstehen, und zwar trotz der langen Dachterrasse über dem alten Zimmer, die sie voneinander trennt. Ich weiss, dass sie über mich reden. Die Frau schaut zu mir herüber und macht ein Zeichen, oder sie lächelt, als wollte sie zu etwas ihre Zustimmung geben, das meine Schwiegertochter über mich erzählt hat. Wenn ich den Kopf senke, spüre ich die beiden über mir und habe das Gefühl, hier unten von beiden gleich weit entfernt zu sein. Ausser uns ist niemand im Haus. Die beiden Ehemänner sind weg, und die Kinder der Frau sind gemeinsam, ohne aufzuschauen, aus dem Tor gegangen. Wenn ich mit dem Fuss auf den Boden stampfe, um die Fliegen zu vertreiben, sagt die Frau, er hat mit dem Fuss auf den Boden gestampft. Die Fliegen kreisen ein wenig, dann sammeln sie sich wieder auf meinen Zehen. Ich bewege die Füsse und schiebe sie in meine Lederpantoffeln, um sie vor den Fliegen zu schützen. Meine Schwiegertochter sitzt gegenüber von der offenen Tür auf der Dachterrasse über dem alten Zimmer. Sie weiss, wie ich dasitze und was ich treibe. Ich könnte den Kopf heben und mich zurücklehnen, als wollte ich auf dem Stuhl ein Nickerchen machen. Dann würden sie schweigen und mich vergessen; denn ausgestreckt und mit geschlossenen Augen wäre ich kein Thema mehr. Das Gespräch würde verebben, oder die Frau würde zurück in ihr Haus gehen.

Doch als ich mich nach kurzer Zeit aufrichte, sitzt sie noch immer da. Sie meint, ich könnte sie nicht erkennen, weil sie hinter meinen Brillengläsern nur einen leeren Raum sieht. Ich starre eine Zeitlang in ihre Richtung, bis ich sie sehe. Ich bringe ihre verschwommene Gestalt in einem Bild zusammen, das sie verändert, wenn ich es beieinander habe. Sie dreht den Kopf zur anderen Seite, als ob sie was überlegt, bei dem ihr der Anblick der Strasse helfen könnte. Meine Schwägerin weiss, dass ich die Frau anschaue; sie ist damit beschäftigt, Kleider zusammenzulegen, die sie zwischen ihren ausgestreckten, kurzen Beinen aufgehäuft hat.

Sie kommt nicht mehr in meine Wohnung runter. Mein Vetter Hadsch Jûssuf ist in Beirut einmal zu mir in die Backstube gekommen und hat mir erzählt, sie wäre mitsamt den Kindern zu ihren Eltern nach Nabatîja gegangen. Mein Sohn Kâssim war damals noch keine zwanzig. Als er in die Backstube kam, hab ich ihm gesagt, er müsste ihr dreissigtausend Lira schicken, die hätte sie noch zugute. Mein Vetter Hadsch Jûssuf ist von seinem Stuhl aufgesprungen und hat wütend ausgerufen, Frauen wären keine Kühe, dass man sie so behandelt. Ich wollte ihn nicht verärgern. Er hat seine Tage in Beirut arbeitslos rumhockend verbracht, und wenn er zu mir in die Backstube kam, wusste er nicht, wie er sich mir gegenüber verhalten sollte. Er glaubte nämlich, das Geld, das ich verdiente, hätte mich verändert. Ich hab ihm gegenüber geschwiegen, bin sogar liebenswürdig gewesen und hab ihn besänftigt, wie er da vor mir stand in seiner europäischen Kleidung, die ihm noch nicht vertraut war. Kâssim stand unschlüssig zwischen uns beiden, und an seinem stummen, ratlosen Gesicht konnte ich erkennen, dass seine Frau ihm fehlte und ihn das quälte. Männer interessieren sich ja besonders heftig für ihre Frauen, wenn diese ihnen weggelaufen sind. In den folgenden Tagen hat er seine Arbeit in der Backstube vernachlässigt. Er hat sich immer in meiner Nähe gehalten, in der Hoffnung, ich würde ihm sagen, er sollte ihr nach Nabatîja folgen. Er stand einfach da, nur so. Er hat nicht einmal gesagt, dass er sich nach seinen Kindern sehnt. Sein Gesichtsausdruck war seltsam, und ich habe versucht, die Punkte herauszufinden, die ihn an ihr aufregten, doch ohne Erfolg. Er war mir fremd mit seiner Leidenschaft, die er in anderer Leute Haus entwickelt haben musste. Als ihr Bruder zu mir kam, ist mir klar geworden, dass ich mit meiner Einschätzung von ihr nicht falsch lag, und während er zu mir sprach, hab ich nur auf seinen grossen einfältigen Mund geschaut und nichts von dem gehört, was er sagte.

Sie kommt nicht mehr in meine Wohnung runter. Nachdem ihre Kinder gross geworden waren, hab ich mir gedacht, ich müsste ihr gegenüber ein wenig deutlich werden. Doch dann hab ich es einfach wieder vergessen. Ich bin drei oder vier Schritte auf sie zugegangen, als wollte ich sie schlagen, da schaut sie auf und pflanzt sich trotzig vor mich hin. Bitte sehr, tu's doch. Daraufhin drehe ich mich zur Treppe, und ein unkontrollierbarer Wortschwall ergiesst sich.

Einmal hab ich zu Kâssim gesagt, sie wäre die beste von meinen Schwiegertöchtern und hätte mir schon viele Dienste erwiesen. Er hat das Thema gewechselt. Er weiss, dass ich bald was anderes sagen würde, wie ich es bei meinen beiden Töchtern tu: Bei ihnen äussere ich mich zufrieden über die eine und schiebe die andere eine gewisse Zeit in den Hintergrund; später mach ich es dann wieder umgekehrt.

Ich lasse mich im Stuhl zurückfallen und neige den Kopf nach unten, damit sie glauben, ich würde schlafen. Ich weiss, dass die Frau meiner Schwiegertochter alles beschreibt und es gleichzeitig geniesst, dass ich vermute, sie würde von mir erzählen. Ich leg ein Bein übers andere in der Hoffnung, ich könnte sie beide verstecken, damit sie nicht mehr so lang wirken vor meinem geschrumpften Körper mit dem gebeugten Rücken und dem ausgemergelten Bauch. Meine Füsse sind durch die ausufernden Knochen lang und kräftig geblieben. Wenn ich sie betrachte, stelle ich fest, dass sie sich nicht sehr verändert haben. Ich lasse sie unbedeckt und gehe hinaus auf die Terrasse, angetan mit einem Kleidungsstück, das kaum bis an die Knie reicht. Ich dachte, die Beine würden nie schlaff, wenn sie derart unbedeckt blieben. Der Körper altert nur, wenn er versteckt und unter Kleidern verborgen wird, an die er sich gewöhnt und dann nach immer weiteren verlangt. Ich trage zwei oder drei Hemden unter meinem Schlafrock, den ich von oben bis unten zuknöpfe. Ich strecke meine Beine aus. Sie sind noch immer kräftig durch ihre ausufernden Knochen und weil ich häufig die weite Strecke zwischen dem Haus und dem Stück Land gegangen bin, das ich für mich zurückbehalten habe. Ich bin allemal mit erschöpften und zitternden Beinen angekommen, aber gewiss, dass in ihnen noch genügend Kraft für künftige Jahre steckt. Ich strecke sie vor mir in der Sonne aus und taste sie mit den Händen ab. Sie sind solide, mit festen Muskeln und zwei grossen, klotzigen Füssen am Ende. In den Tagen, nachdem Hadscha Chadîdscha in mein Haus gekommen war, hab ich meine Beine häufig absichtlich unbedeckt gelassen. Sie sollte nicht glauben, wir würden auf immer so weiterleben, wie sie es wünschte. Damals hat sie nicht gewusst, wie sie zu sein hat; sie hat Schwierigkeiten gehabt, sich zurechtzufinden, und es war ihr nicht klar, in welche Richtung sie sich wenden sollte. Manchmal lasse ich sie allein im Haus und gehe hinaus, und wenn ich zurückkomme, setze ich eine seltsame, abwesende Miene auf. Ich ziehe vor ihr meine Latschen aus, die die Form von meinen Füssen angenommen haben, und sie trägt sie dorthin, wo sie hingehören, als würde sie irgendeine andere kleine Arbeit erledigen.

Die beiden tratschen die ganze Zeit über mich. Und immer wieder, wenn die Frau was Neues zu erzählen weiss, dreht sie sich rasch zu meiner Schwiegertochter und steigt sogar über das Mäuerchen, das ihr Haus umgibt. Sie läuft da mit ihrem schweren Hintern auf der Dachterrasse vom alten Zimmer hin und her. Wegen ihr fällt der Staub von der Decke, erkläre ich meinem Sohn Kâssim, wenn er kommt. Er sagt, ich würde das nur behaupten, weil ich sie nicht ausstehen könnte. Aber wie sollte die Decke nicht allmählich runterfallen, wenn seine ganze Familie die Abende dort oben verbringt? Ich sollte doch die Leute im Haus in Frieden lassen, sagt er noch. Und wenn er in seine Wohnung raufgeht, sehe ich, wie die Frau lächelnd seinen Gruss erwidert und dann lacht. Ich bin sicher, dass er etwas über ihren Ehemann spöttelt, der am helllichten Tag schläft. Er schäkert mit ihr, um sich nicht seinen Zorn darüber anmerken zu lassen, dass sie sich mit seiner Frau unterhalten hat, und um seine Frau zu erheitern und sie zum Lachen zu bringen. Sie weiss genau, während sie die Wohnung aufräumt und säubert, dass sie damit auch ihn säubert und zähmt. Kaum ist er angekommen, stellt sie ihm auch schon das Essen hin, und hält ihn so schweigsam und besticht ihn. Sie kocht Kaffee, den sie zusammen trinken. Mit Kaffee bringen Frauen ihre Männer dazu, ihre Arbeit schon früh zu verlassen, und bereiten sie darauf vor, ihnen zuzuhören. Dann sitzen die Männer da, bewegen sich kaum noch und sprechen nur gedämpft. Sie bringt die Kanne und die Tassen für ihre Kinder und die anderen Ehefrauen, damit die Männer möglichst lange auf den Stühlen sitzen bleiben und die Unterhaltung geniessen, als hätten sie sich gegenseitig eingeladen. Ihr Gespräch ist ruhig und gedämpft, und nichts ausser einem allgemeinen Gemurmel dringt an mein Ohr, während ich da unten hocke. Hadscha Chadîdscha hat es nie geschafft, dass sie alle zusammen Platz nahmen, wenn sie auf der Terrasse rumstanden und aufs Essen warteten. Sie hatte immer Mühe, etwas zu kochen, wenn sie die Gäste mürrisch und ungesellig dastehen sah. Wenn wir allein waren, hat sie mir das Essen immer zu früh gebracht. Einen einzigen Teller voll mit dem, was sie gekocht hat. Dann frag ich, und wo sind die Zwiebeln, gute Frau, wo sind die Zwiebeln? Sie wusste wirklich nicht, wie man jemand ernährt. Wenn ich mit essen fertig bin – sie sitzt derweil in ihrem Zimmer –, rufe ich nach ihr, damit sie mir das Wasser bringt. Sajjid Mahdi hat mir gesagt, er hätte mich draussen nie in ihrer Begleitung gesehen. Ich musste ihm Recht geben und hab ihm nicht widersprochen, denn mir fiel ein, dass ich nicht einmal wusste, wie sie aussah, wenn sie auf der Strasse ging. Weder draussen, noch drinnen, Sajjid Mahdi, hab ich ihm gesagt, um ihm deutlich zu machen, dass ich mich ihr auch im Bett nicht mehr nähere.

Nicht nur Sajjid Mahdi hab ich das gesagt, auch vielen anderen. Ali Hâschim hab ich mal meinen Kindern erzählen hören, ich würde seit mehr als zwanzig Jahren allein schlafen. Sein Gesicht nahm eine sehr ernste Miene an, als wollte er sie von irgend etwas überzeugen. Aber sie fingen an zu lachen und Witze zu reissen, und dabei fielen auch die Wörter „sein Rücken“ und „sein Glied“. Das hat sie immer zum Lachen gebracht, wenn es mit mir im Zusammenhang stand, weil sie glaubten, Lust wäre für mich nur eine Illusion oder Männer über siebzig könnten ihre bescheidenen Lustanwandlungen allein durch Reden loswerden. Als ich ihnen einmal sagte, ich würde allein schlafen, hab ich gar nicht an eine Frau gedacht und war auch nicht entschlossen zu heiraten. Ich habe mich einfach mit ihnen unterhalten, als wollte ich sie nur auf eine Möglichkeit vorbereiten. Die zweite Frau von meinem Bruder Hadsch Salîm hat mir nicht gefallen. Obwohl sie reinlich und ruhig war, hatte sie etwas Bedienstetenhaftes. An den Tagen nach der Hochzeit schob sie am Morgen, bevor sie aus dem Zimmer kam, geräuschvoll den Riegel beiseite, um deutlich zu machen, dass sie zusammen eine Nacht verbracht hätten wie Jungvermählte. Ich habe mir meinen Bruder auf dem Bett liegend vorgestellt, schlaff gähnend, aber an seine Gestalt und sein Alter erinnere ich mich nur undeutlich, und in meinem Kopf vermischen sich viele Formen von ihm, die ich aus verschiedenen Etappen seines Lebens zusammensetze. Wenn sie das Frühstück richtete, war lautes Geklapper von Küchengefässen zu hören. Sie hat mir wirklich missfallen. Hadscha

Chadîdscha, hab ich mir gesagt, würde erst sterben, wenn ich ein Alter erreicht hätte, in dem ich mich schämen würde, über die Ehe zu reden. Und wenn Hadsch Salîm im Schlafanzug auf seine Terrasse rauskam, hab ich mir gedacht, ich wäre es, der eigentlich wieder hätte heiraten sollen. Mein Körper und mein Herz haben dauernd gedrängt und keine Ruhe gegeben.

Es war nicht eine bestimmte Frau, sondern Bilder von Kleidern, Gelächter, Gesprächen, Essen, die ich aus verschiedenen Frauen zusammengesetzt habe, weil ich sie ähnlich fand. Wenn sie bei Sonnenuntergang mit ihren Männern zusammensassen, hab ich meinen Stuhl auf diese Stelle zwischen Strasse und Hof getragen und mich zu ihnen gesetzt. Sie zögerten die Rückkehr ins Haus hinaus und verbrachten lange Zeit plaudernd, wobei sie auf ihren Terrassen und den wenigen Stufen davor standen. Ich habe sie alle durcheinandergebracht, während ich meinen Blick von einer zur anderen wandern liess, und habe nie recht gewusst, welche welche ist. Ich weiss, was mich anzog, war ihr Alter und ihre sauberen Körper und Kleider. Das gibt ihnen eine Farbe, die mit dem Älterwerden verschwindet. Sie wussten genau, ich starre auf verschiedene Stellen bei ihnen, während ich da auf meinem Stuhl sitze, und sie drängten sich immer dichter an die Brüstung der Terrasse und an die Wand, bis sie dort eng beieinanderstanden. Sechs Monate ist mein Bruder Hadsch Salîm auf der Suche nach einer Frau durch die Dörfer gezogen. Als er sie dann anschleppte, ist mir klar geworden, dass es ihm nicht um ihre Figur, sondern um ihre Kleider ging, die denjenigen von seinen Schwiegertöchtern glichen. Von hinten ist sie schön gewesen, was ich ihm fast gesagt hätte, als er mich fragte. Doch es dauerte gar nicht lange, bis sie wie die anderen Frauen von den Dörfern geworden war. Sie sind gezwungen, in Beirut zu leben, und kommen nur wenige Wochen im Jahr ins Dorf zurück. Ich liess meinen Blick zwischen ihnen rumwandern. Wenn sie sich im Haus scharten und auch noch Fremde unter ihnen waren, bin ich nicht mehr in mein Zimmer zurückgegangen, sondern sitzengeblieben, erregt durch dieses Gedränge von Frauen.

Ich strecke meine Beine aus, und die Frau sieht, dass sie mehr als meine halbe Körperlänge ausmachen. Als ob ich oben alt geworden, unten aber noch sechzig geblieben wäre. Ich habe meinem Sohn Kâssim immer wieder gesagt, dass sie auf der Dachterrasse von dem alten Zimmer rumtrampelt. Er hat sich nämlich nicht die kugelrunden Backen vorgestellt und den schweren Tritt, der wie der Fall eines grossen Körpers auf dem getrockneten Lehm wirkt. Ich kann es auch an der Decke hören, wenn ich sie zu meiner Schwiegertochter laufen sehe. Dann kommen mir ihre beiden enormen, festen Backen in den Sinn, ihr schwerer Hintern, der jedesmal erbebt, wenn sie einen Fuss auf den Boden setzt. Ich kann sie nicht ausstehen, da hat Kâssim recht. Ich kann sie beide nicht ausstehen, weder sie, noch meine Schwiegertochter. Mir fallen gar keine passenden Ausdrücke ein, wenn ich sie beschimpfe. Ich sag ihr alles Mögliche über ihre blöden, naiven Angehörigen in Nabatîja. Ich sag ihr das, und würde gern noch mehr sagen, zum Beispiel über die Farbe ihres einfältigen Gesichts, oder ihre grossen Zähne und ihren offenen Mund, auch über ihren fragenden und gleichzeitig hasserfüllten Blick.

In den Frauen sehen wir nicht so viele Eigenschaften wie in den Männern. Wir lieben sie oder wir verabscheuen sie bloss. Wir sagen über sie nicht, sie wären anders, als ihr Äusseres vermuten lassen würde, wie wir es von einem Mann sagen. Frauen sind wie ihr Äusseres, sie können nicht anders sein, als sie sich uns zeigen. Bei ihnen schafft die Schönheit oder die Hässlichkeit den Verstand. Meine Schwiegertochter pflanzt sich auf, um auf meine Beschimpfungen zu reagieren. Ihre Worte kommen aus ihrem Gesicht, einfach so, direkt, wie ihre Blicke, wenn sie schaut. Nichts an ihr ändert sich, wenn sie vom Schweigen zum Reden übergeht. Sie redet einfach so, und ihr Gesicht scheint die Überraschung und die Blödheit ihrer Worte zu ergänzen. Ich schwinge meinen Stock vor ihrem Gesicht. Sie hebt den Kopf, lässt die Arme sinken und reisst trotzig die Augen bis zum Anschlag auf. Sie weiss, dass ich meinen Stock schwinge und meine Hand hebe, sie aber niemals schlagen würde. Als würde ich mit diesen beiden Gesten nur meine laute Stimme ergänzen und mein Geschrei, wenn ich mich dann umdrehe und fluchend und schimpfend die Treppe runtergehe.

Kâssim sagt nichts, wenn er kommt, und ich weiss vom ersten Augenblick an, dass er beschlossen hat, den Mund zu halten. Er stellt den Teller mit dem Essen vor mich und giesst mir Tee in das Glas, das er nicht sehr sauber abgewaschen hat. Ich setze mich hinter meinen Teller und sage, komm, iss, mein Sohn. Doch er murmelt nur irgend etwas und macht sich bereit, in seine Wohnung raufzugehen. Ich weiss, dass er es am nächsten Morgen vergessen hat. Er ist wie ich, er kann nicht nachtragend sein.

Er stellt den Teller mit dem Essen auf meinen Tisch, so finster und mürrisch, dass mir für einen Augenblick unklar ist, ob ich etwas falsch gemacht hab oder er. Finster und mürrisch, wie er ist, hab ich den Eindruck, dass er etwas von mir will, es aber nicht zu äussern wagt. Und da kommt er mir noch einmal so vor, wie ich ihn bisher nur ein einziges Mal gesehen habe: gross, weiss, mit riesigen Augen und einem kräftigen, voll entwickelten Körper, dem aber noch das eigentlich Männliche fehlt. Er ging an mir vorbei in die Backstube, bleich wie die Beine von kleinen Kindern bei ihren ersten unsicheren Gehversuchen. Hochaufgeschossen und gross war er, sah aber aus, als ob er allein mit Milch aufgezogen worden wäre, ein Körper ohne Haare und ohne Geruch. Es war ein einziges Mal, aber ein entscheidendes, eine Trennlinie zwischen zwei Lebensphasen. Ein einziges Mal, das aber eine solche Kraft hatte, dass ich ihn noch immer so sehe, jedesmal wenn ich Sympathie mit ihm empfinden möchte. Wortlos steht er vor mir, nachdem er das nachlässig abgewaschene Teeglas vor mich hingestellt hat. Er schien verärgert, wusste aber nicht, was er mit seinem Ärger anfangen sollte. Ich hab ihm gesagt, komm, iss, mein Junge. Ihm war klar, dass ich dadurch die Beziehung zwischen uns wiederherstellen wollte, wie sie einmal war. Seine Unentschlossenheit wuchs, und er murmelte etwas. Als ob ich ihn in eine Falle hätte treten lassen, aus der man sich aber leicht befreien kann. Er würde sicher sofort raufgehen, sagte ich mir, was er auch tat. Und da spürte ich eine gewisse Befriedigung, weil mir klar wurde, dass er von dem, was sich zwischen uns abspielte, nichts seiner Frau erzählen konnte.

Ein hochaufgeschossener Junge, zerbrechlich, als würde er nur aus Haut bestehen, ohne eine Spur von Fleisch und Knochen. Immer wieder hab ich mich selber so gesehen. Mein früheres Leben kam mir hoch, während ich da auf meinem Stuhl sass, und ich begriff, dass mir dieses Aussehen nicht unbekannt war, auch bevor Kâssim an mir vorbei in die Backstube ging.

Mal abgesehen von dem Foto – ich mit vierzig – erinnere ich mich nur, dass ich einmal genau so ausgesehen habe. Ich erinnere mich an die ausufernden Fussknochen, an meine Finger, eine bestimmte Bewegung von meinem Körper, an Teile von meinem Gesicht im Spiegel. Aber ich bin nicht mehr imstande, mir meinen Körper in einer Zeit vorzustellen, in der er fest und jung war. Damals, als ich die Frauen von ihrem Geschnatter und Gelächter im Hof abgelenkt habe und sie sich vor mir aufgepflanzt haben. Da hab auch ich mich vor ihnen aufgepflanzt, aber mit einem Körper, den ich präsentieren und vorzeigen konnte. Nicht für sie, sondern für mich. Wie könnte ich mir sonst den Körper einer Frau vorstellen und ausmalen, wenn meiner nicht ebenso fest und jung wäre?

Als ich zu der Frau nach Marwanîja gegangen bin, hab ich nicht gewusst, wie reden, weil mir nicht klar war, welches Alter ich annehmen sollte. Der dunkle Anzug hat mich noch ratloser gemacht, da er ein weiteres Gewicht zu denen hinzufügte, die schon auf mir lagen. Als ich ihr die Tasche mit dem Parfüm, der Seife und den Strümpfen hinhielt, kam es mir vor, als würde ich meiner Tochter Bahîdscha ein paar aus der Backstube mitgebrachte Sachen schenken. Vielleicht hab ich das sogar beabsichtigt. Schliesslich sollte man einem Mann von siebzig nicht ansehen, dass er verlegen und schüchtern wie ein Jüngling ist. Ich habe mich dann auf den Stuhl mitten im Zimmer gesetzt, um sicher und der Situation gewachsen zu erscheinen. Und als sie mich fragte, ob ich hungrig wäre, wurde mir klar, dass sie sich, genau wie ich, so verhielt, wie es ihr Alter diktierte, und dass sie, genau wie ich, nicht recht wusste, welches Alter sie annehmen sollte. Wenn wir nicht wissen, wie wir auf andere wirken, wissen wir auch nicht, wie wir sind. Der dunkle Anzug hat ein weiteres Gewicht zu denen hinzugefügt, die schon auf mir lasteten. Und unter zahlreichen Gestalten, als die ich mich sehe, gibt es eine – ein grosser, hagerer Körper –, zu der der dunkle Anzug nicht recht passen will, weil er viel zu ernst ist. Mein Bruder Hadsch Salîm war nicht so verlegen wie ich, als er mit seinen Kindern loszog, um seine zweite Frau aus ihrem Dorf zu holen. Er ist auf einem niedrigen Stuhl in einer Zimmerecke sitzen geblieben, während seine Kinder mit den Eltern von seiner Frau Konversation pflegten. Er hockte in sich gekehrt da und wartete auf den Augenblick, wo er mit ihr das Haus verlassen konnte. Als man das Paar dann in seine Wohnung brachte, war er auch nicht grösser. Er sass neben ihr in einem von den Autos, die plötzlich am Eingang hielten. Hadsch Salîm hatte sie ergattert. Ihm hatten seine Geduld, sein Schweigen und seine Bescheidenheit genützt. Diese Eigenschaften haben ihn auch nicht verlassen, als er mit ihr die Treppe raufstieg, die zu seiner Wohnung führte. Er ging neben ihr, fast geduckt, ja hektisch, seine Augen blickten wachsam in alle Richtungen, als müsste er vor Menschen auf der Hut sein, die ihm auflauerten und ihm seine Beute entreissen wollten.

Wenn wir nicht wissen, wie wir auf andere wirken, wissen wir auch nicht, wie wir uns verhalten sollen oder wie wir sind. Ich habe meinen Kindern gesagt, ich wollte eine Haushaltshilfe, weil niemand für mich kocht und mir niemand die Kleider wäscht. Ich habe „Haushaltshilfe" gesagt, weil ich schon selbst nicht mehr an meine Hymnen auf die Ehe glaubte. Kâssim hat mir eines Sommers erklärt, es ginge nicht an, dass die Leute von Dingen aus unserem Haus erfahren würden. Die Frau gegenüber, auf der anderen Seite, hat ganz schamlos mit mir geschäkert, wenn sie sah, dass ich sie betrachtete, wie sie auf ihrem Balkon sass. Ihre Stimme tönte recht laut, und wenn ich darauf einging und ihr etwas zurief, hat sie Ton und Thema verändert und sich nach meiner Gesundheit erkundigt und danach, welches von meinen Kindern mich besucht hätte. Manchmal hat sie Scherz mit Ernst vermischt, wodurch mir klar wurde, dass uns jemand zusah oder zuhörte. Dann hab ich das Fenster geschlossen, während ich von zwei Seiten Gelächter hörte. Nachdem Kâssim mir sagte, es ginge nicht an, dass die Leute von Dingen aus unserem Haus erfahren würden, hab ich mich nicht mehr am Fenster aufgehalten. Eine Haushaltshilfe, hab ich ihnen gesagt, die ich von meinen eigenen zehntausend Lira bezahlen würde. Sie könnte hässlich, müsste aber sauber sein. Sie sollte mir kochen, weil ich ja sonst niemand hätte, der das für mich tut.

Die Frau betrachtet mich weiter, während sie mit meiner Schwiegertochter spricht, die gegenüber von ihrer offenen Tür sitzt, bis ich plötzlich unsicher und hastig aufstehe und anfange, zu ihr raufzuzetern. Sie glaubt, es würden nur wenige Worte, bis ich zurück in mein Zimmer gehe. Aber ich höre nicht mehr auf. Ich stehe da, fuchtle mit meinem Stock und ereifere mich noch lange, nachdem sie sich in ihre Wohnung geflüchtet hat. Ich kann gar nicht mehr aufhören, weil ich mich, während ich da so schreie, an Dinge aus einer vergangenen Zeit erinnere, und dann schimpfe ich weiter und weiter. Ich kann nicht mehr aufhören, auch nicht, als ich zu dem kleinen finsteren Raum komme, der die Küche von der Speisekammer trennt, und die Decke nehme, um mich damit zuzudecken. Ich setze mich einem Zorn aus, den mein Körper nicht aushält. Und selbst als ich meine Schimpferei beendet hab und wieder schweige, kann ich doch das kräftige Tosen von meinem Blut nicht stoppen, das mir aus Kopf und Brust stürzt und dann dorthin zurückflutet.

Dass ich einen Fehler gemacht habe, indem ich mich ins Bett verkroch, wird mir erst klar, nachdem ich einige Zeit versucht hab einzuschlafen. Ich werde immer wacher, bis ich deutlich Männer- und Frauengestalten direkt vor meinen geschlossenen Augen sehe, und zwar näher und deutlicher, als ich sie je mit offenen Augen und sogar mit Brille erkenne. Männer und Frauen, die abwechselnd erscheinen. Ein Gesicht nach dem anderen taucht auf, um dann gleich wieder zu verschwinden. Lautlos erzählen sie mir was, strecken ihre Fäuste und ihre Arme nach vorn, als wollten sie mir die Strafe für ein Tun androhen, über das sie allesamt Bescheid wissen. Es ist das Ergebnis von meinem hellwachen Zustand, nicht von einem tiefen Schlaf. Mir wird klar, dass es ein Fehler war, ins Bett zu gehen, aber mir wird auch klar, dass ich dort liegenbleiben werde, da ich nun einmal drin bin.

Nach meinem Ausbruch bleibt es für ein oder zwei Stunden still und ruhig im Haus. Die Frau hält ihre Tür geschlossen, und auch meine Schwiegertochter lässt sich nicht mehr auf dem Balkon gegenüber blicken. Sogar die Strasse, die hinter dem Haus vorbeiführt, ist menschenleer und ruhig. Und für einen Augenblick kommt mir der Gedanke, ich sollte meine unterbrochene Bewegung wiederaufnehmen und wieder auf die Terrasse rausgehen, nicht um einfach dort hinzusitzen, sondern um das taube, abwartende Haus ein bisschen zu beleben.

6

Wieso ich eigentlich das Haus nicht verlassen würde, solange ich dazu noch imstande wäre, wollte Kâssim wissen. Es war klar, dass er an meine Beine dachte und wollte, dass ich rasch etwas unternähme. Er drehte sich zum Tor und hob den Fuss, um mir den ersten Schritt zu erleichtern. Ich bin sitzen geblieben, wo ich sass, habe meinen Kopf geneigt und ihm ins Gesicht geschaut, um ihm zu verstehen zu geben, dass weder seine Worte noch seine Gesten mich zum Aufstehen veranlassen könnten. Ich habe mich am Hals gekratzt und begonnen, meine Zunge im Mund zu bewegen, als hätte ich darin plötzlich eine Krankheit entdeckt. Ob ich Durst hätte, hat er mich gefragt und mir den Krug gebracht. Ich habe nichts getrunken, sondern nur den Krug betrachtet, der näherkam und sich dann wieder entfernte bis fast genau zu seinem ursprünglichen Standplatz. Ich bin mit geneigtem Kopf sitzengeblieben und habe mich mit der Hand am Bettrand festgehalten, als würde ich etwas bereuen und es gleichzeitig den Leuten um mich herum, auch meinem Sohn, zum Vorwurf machen. Aber ich habe gewusst, dass ich nicht lange so sitzen bleiben durfte. Seine Geduld könnte plötzlich erschöpft sein. Dann würde er aufstehen und in seine Wohnung gehen. Sie zwingen mich, ständig vor ihnen mein Verhalten zu ändern, damit sie nicht die Geduld mit mir verlieren und gehen. Zu Abu Fâjis hab ich einmal gesagt, ich könnte wegen den Schmerzen in meiner Brust nicht mehr schlafen, worauf er mir ziemlich barsch entgegnete, das sei, weil ich in meinem Alter noch rauchen würde.

Dann nahm er die Tabaksdose und hielt sie mir unter die Nase.

Ich habe geschwiegen und nicht gegen die infamen Behauptungen protestiert. Ich dürfte nicht lange so bleiben, das war klar, aber er hat mich nochmals gefragt, warum ich eigentlich nicht rausgehen würde. Und wohin, wollte ich wissen, worauf er mir, wie schon so oft, erklärt hat, dass Abu Ali Akîl bis ans Ende seiner Tage in seinen Garten und in seinen Laden gegangen wäre und sich dort betätigt hätte. Aber Abu Ali Akîl ist schon tot, hab ich ihm gesagt, obwohl er jünger war als ich. Da hat er nicht zu behaupten gewagt, Abu Ali Akîl wäre einhundertsieben Jahre alt geworden, sondern hat nur das kleine Tablett näher geschoben, auf dem der Teller mit dem Essen stand. Er wollte zurück in seine Wohnung. Ich habe zu essen angefangen und dabei sofort laut und hastig zu schnaufen begonnen, wie ich es beim Essen immer tu.

Als sie Muhammad Habîb auf dem Hof in Gesellschaft von anderen Männern sahen, haben sie mich gefragt, wieso ich ihn nicht besuchen ginge. Muhammad Habîb würde sein Leben verlängern, weil er unter die Leute käme, behauptete Abu Fâjis. Aber er sitzt nicht in ihrem Kreis, sondern betrachtet die Passanten, während die anderen sich miteinander unterhalten, ohne von seiner Gegenwart Notiz zu nehmen. Meine Kinder haben ihn sicher darum bemerkt, weil er wie ein Aussenseiter erschien und die Runde gemieden hat. Die wenigen Male, wo er mich zuhause besucht hat, fand ich, dass er mir überhaupt nichts zu sagen hätte. Er versank in hartnäckigem Schweigen und hatte wohl schon zahlreiche andere Häuser aufgesucht, bevor er zu mir kam.

Sicher machte er von Haus zu Haus seine Runde, nur um sich die Beine zu vertreten, denn vor dem Tod seiner Ehefrau hat er nie sein Haus verlassen. Er stand immer unter dem Torbogen von seinem Haus und hat mich aufgefordert reinzukommen. Und ich habe mich gefragt, wie er einen dermassen unbeweglichen Körper ertragen konnte. Dieser Körper steckte in ordentlichen Kleidern, die aber den Anschein erweckten, als würden sie aus längst vergangener Zeit stammen. Er hat mich aufgefordert reinzukommen, aber ich habe die Einladung überhört und bin weitergegangen. Ich finde ihn aufgeblasen und phlegmatisch, und die Jahre haben ihn nicht verändert. Warum ich es nicht mache wie er, fragt mich mein Sohn Abu Fâjis. Dabei fällt mir sein aufragender Turban ein, der von vorn wie ein Sultansturban aussieht, und seine Hand, die er unter den Hosenbund schiebt. Wenn die Leute vom Dorf aus Beirut zurückkamen, wo sie zum Arbeiten wohnten, fanden sie ihn am selben Ort unter dem Torbogen seines Hauses stehen. Sie sagten ihm guten Tag, Abu Habîb, und erwarteten, dass er den Gruss erwidern würde, auf seine besondere Art, ein bisschen wie die Leute aus dem Irak.

Ich hab immer wie alle anderen über ihn gelacht, und nun will mein Sohn, dass ich werde wie er. Dabei sagt er das sicher nur, weil er nicht zur gleichen Generation gehört wie Abu Habîb. Dieser Mann kommt nur denen seltsam und lächerlich vor, die etwa gleich alt sind. Und er will nicht nur, dass ich ihn besuche, sondern dass ich auch noch meine Zeit mit ihm verbringe, als ob es für zwei Männer genügt, gleichaltrig zu sein, um die Zeit miteinander zu verbringen. An den Abenden, die wir im Haus von Hadsch Ali Farahât verbrachten, haben wir uns über unsere Kinder unterhalten, als wären wir uns einig, sie würden sich dort in Beirut näherkommen. Und wenn meine Kinder mich zum Fest besuchen kamen, sag ich, wir gehen jetzt alle, Hadsch Ali Farahât und seinen Kindern ein schönes Fest wünschen. Ich marschiere voran und sie lassen mich zuerst eintreten, damit wir wie eine intakte Familie erscheinen, obwohl die Kinder schon erwachsen sind und anderswo arbeiten. Fünf Minuten nur, dann gehen wir schon wieder, als ob unser Familientheater nicht länger halten und der gute Eindruck von unserem gemeinsamen Erscheinen rasch verfliegen könnte. Gerade genug Zeit zum Rein- und Rausgehen. Abende lang haben wir über unsere Kinder in Beirut geredet, unterbrochen nur, wenn Hadsch Ali Farahât ging, um Tee zu machen, oder ich zu Hadscha Chadîdscha sagte, sie sollte aufwachen. He, Hadscha, sag ich zu ihr, um seinen Redestrom über ihre Backstube in Beirut zu stoppen. Hast du geschlafen, Hadscha? frag ich sie, und sie reisst plötzlich die Augen auf und schaut mich an, als wollte sie mich nach was fragen, was sie im Schlaf gesehen hat. Ich habe mich beim Reden über die Kinder nicht lumpen lassen. Ich habe ja gewusst, dass er nichts so sehr liebte. Zur Frau sag ich, steh auf, Hadscha, wir gehen. Doch am folgenden Tag kommen wir wieder. Ich gehe schon voraus und fordere sie auf, hinterher zu kommen. Sie braucht ja immer eine Ewigkeit, um sich fertigzumachen. Ich überlege mir, was sie eigentlich tut, wo sie doch nichts in der Hand hat. Ich gehe voraus, und wenn sie schliesslich ankommt, hat Hadsch Ali Farahât das Gespräch über seine Kinder längst begonnen. In jedem Satz findet er einen Anlass, um über sie zu sprechen. Er will, dass ich den Abend damit verbringe, über die Arbeit und die Familien unserer Kinder zu reden, und mein Sohn Abu Fâjis will, dass ich mich mit Muhammad Habîb treffe, mit dem mich nichts als das Alter verbindet. Wir haben ihm immer guten Tag gesagt, und er hat den Gruss langgezogen erwidert, während wir stehenblieben, um ihm zuzuhören.

Dass wir etwa gleichaltrig sind, glaubt mein Sohn, wäre genug, dass wir wie Freunde im Dorf rumspazieren. Dabei denkt er daran, was gleichaltrige Kinder tun. Er hält uns für Kinder, die einfach untätig zusammen rumsitzen können. Wenn es Morgen wird, wüssten wir eigentlich nicht, warum wir aufstehen sollten. Wir setzen uns auf denselben Stuhl wie am Abend zuvor und knüpfen am Morgen an die Abendunterhaltung an, die gegen neun zuende geht, wenn die Sonne heiss wird. So beginnt mein langer Tag, an den ich mich übrigens nicht strikt halte. Mein Mittagessen zum Beispiel nehme ich schon vor dem Mittag ein. Nicht weil ich hungrig wäre, sondern um dem Tag eine bestimmte Mitte zu geben. Um neun wird es schon sehr heiss. Dann sitze ich da, ohne auf etwas zu warten, und sehe die Sonne fest und unverrückbar an ihrem Platz. Wie der Kerosinofen, den Kâssim zu mir hindreht und der die ganze Nacht anbleibt. Sie wollen, dass ich mich mit Muhammad Habîb amüsiere. Dass wir zusammen durch die engen Gassen schlendern und hin und wieder mal stehenbleiben, um irgendwas genauer anzusehen, das wir im ersten Augenblick für was anderes hielten. Wir sind uneins, Muhammad Habîb und ich, jeder hat seine Meinung, und wir wetten, was es wirklich ist. Schliesslich beim Näherkommen finden wir heraus, dass es was anderes ist, als wir beide meinten. Wir amüsieren uns im

Dorf, damit wir zur Mittagessenszeit zu Mittag essen, nicht früher. Im Stock über mir haben sie nach ihren Kindern gerufen, worauf der Hof sich geleert hat. Ich habe zu Kâssim gesagt, sie würden den lieben langen Tag rumschreien. Ich sitze dauernd unter ihnen, durch nichts von ihnen getrennt als durch die Brüstung der Terrasse, die sich vier Stufen über den Hof erhebt. Ich bin mit ihnen zusammen, während ihre Eltern oben sind und ihre Stimmen nur schwach hören.

Im Haus sind viele. Ich sehe sogar Kinder, die ich nicht kenne. Sie scheinen aus der Schar zu stammen, die ohne Unterlass vom Oberstock runterkommt. Ein Junge fällt mir auf, der einen anderen Gesichtsausdruck hat als wir. Ich mach ihm ein Zeichen näherzukommen, doch er dreht mir den Rücken zu und wartet darauf, wieder ins Spiel aufgenommen zu werden. Im Haus sind viele. Die Kinder von der Frau im Obergeschoss von Hadsch Salîms Haus sind mir gegenüber misstrauisch. Wenn mein Blick auf eines von ihnen fällt, hält es beim Spielen inne und löst sich ein oder zwei Schritte von den anderen. Ich seh in seinem mageren, dunklen Gesicht den Hass seiner Mutter auf mich. Es wendet seinen Blick erst ab, nachdem es mir einige Zeit ins Gesicht gestarrt hat. Das käme wohl daher, dass ich in ihrem Blickfeld auf der Terrasse sitzen würde, erklärte mir mein Sohn Kâssim, als wollte er damit sagen, ich sollte mich in dem dunklen Winkel zwischen Speicher und Vorratskammer verstecken. Ich hab ihm versichert, es ginge nicht um seine Kinder, sondern um die von anderen Leuten, die ich zum Teil gar nicht kenne.

Im Haus sind viele. Aber Angst vor mir haben nur die Kinder von der Frau im Obergeschoss von Hadsch Salîms

Haus. Am Nachmittag, wenn meine Geduld erschöpft ist und ich ihren Anblick nicht mehr aushalte, schrei ich sie an. Dann hören sie für einige Augenblicke auf zu spielen, machen aber bald weiter, nachdem eines von unseren Kindern seinem Gegenüber den Ball zugeworfen hat. Mein Sohn Abu Fâjis will mich raushaben. Er macht sich offenbar nicht klar, dass ich mich schon ein ganzes Jahr lang vom Platz hinter der Autoeinfahrt zum Haus zurückgezogen habe. Ich habe begonnen, auf mein Gesicht ein fragendes Lächeln zu zeichnen, mit dem ich ihre Worte entgegennahm, und ich liess meine Augen zwischen ihnen umherwandern, immer zu dem, der sprach. Ich tat so, als würde ich nur dasitzen, um zuzuschauen und zuzuhören, während sie meine Anwesenheit vergassen. Muhammad Habîb hat sich damit zufrieden gegeben, ich nicht. Ich habe begonnen, meinen Stuhl aus dem Haus mitzubringen und mich weit weg von den anderen hinzusetzen. Bei der Einfahrt zum Haus, von wo aus man den Platz und den Laden im Blickfeld hat. Direkt unter der Wohnung von meiner Tochter. Rechts, am Ende von der Einfahrt, liegt das grosse Tor von unserem Haus. Ich betrachte die anderen und habe gleichzeitig die breite Dorfstrasse im Blick, samt der Kreuzung, von der es zur Moschee abgeht. Ausserdem kann ich meinen Stuhl zu den geparkten Autos rüberdrehen. Dann sehe ich die anderen nicht mehr. Ein ganzes Jahr lang hab ich gebraucht, um mich langsam zum Haus zurückzuziehen. Je mehr Zeit verstrich, um so näher kam ich mit meinem Stuhl, bis ich ihn, nach einem Jahr, nicht mehr von seinem Platz auf der Terrasse entfernt habe. Und da will Abu Fâjis, dass ich auf einen Sprung zu Muhammad Habîb rübergehe, um mit ihm unter dem Torbogen von seinem Haus zu plaudern, und das, nachdem wir so über ihn gelacht haben, wenn er in seine ordentlichen Kleider gewickelt dastand.

Wir, Muhammad Habîb und ich, amüsieren uns dann unter dem Torbogen von seinem Haus. Wir verbringen die Zeit miteinander, um den Morgen vom Mittag zu unterscheiden. Wir trennen uns zur Mittagessenszeit, damit jeder bei sich zuhause essen kann. Ich gehe nicht mehr zu meinem Stück Land. Nicht, weil ich zu schwach dafür wäre, sondern weil sie mir gesagt haben, es wäre unwürdig, in meinem Alter noch zu arbeiten. Damals war ich zwar schon über achtzig, aber meine Beine waren noch kräftig. Ich habe die Schildkröte getötet, vor der mein Enkel Angst hatte.

Ich habe so lange mit einem Stein auf sie eingeschlagen, bis ich ihren Panzer zertrümmert hatte und dunkelrotes Blut hervorquoll. Als hätte sie unter der harten, faltigen Haut eine zarte Seele. Ich hatte die achtzig überschritten, aber ich habe die Schildkröte dermassen mit dem Stein traktiert, dass mir fast das Hemd unter dem Arm zerriss. Sie haben mir gesagt, es wäre meiner unwürdig zu arbeiten, denn was dabei rauskäme, wäre gering und nicht die Anstrengung wert. Natürlich haben sie das nicht gesagt, damit ich es bequem und gemütlich hätte, sondern um mich von dem Land zu vertreiben und es für sich allein zu haben. Sehr rasch übernehmen sie den Platz, den ich frei mache. Sie kennen ihre Erbanteile und wissen genau, wer dieses oder jenes Stück Land bekommt. Deshalb kümmert sich keiner darum, wenn ich einem anderen was gebe. Sie haben mich aus dem Stück Land rausgeschmissen, das ich für mich zurückbehalten hatte, und ich habe sie nicht gefragt, was ich denn mit meiner Energie machen und ob ich mich im Haus einschliessen soll. Allen voran Abu Fâjis, haben sie mir zu verstehen gegeben, dass sie die Angelegenheit unter sich geregelt hätten, bevor sie zu mir kamen. Immer wenn sie was wollen, kommen sie gemeinsam. Erst kurz zuvor hatte ich ihnen die Backstube in Beirut überlassen. Sie sind alle artig vor mir gestanden, und dann hat Abu Fâjis meine wenigen Habseligkeiten vom Ladentisch geräumt. Ich habe die Backstube verlassen, als ich noch tüchtiger war als sie, und ich habe mir nicht klar gemacht, dass man dem gehorcht, der hinter dem Ladentisch steht. Zurück im Dorf hab ich mich nach der Backstube erkundigt, und sie haben mir ein paar wenige Neuigkeiten über Verwandte zukommen lassen, die sie besucht hätten, oder mir alles Mögliche über die Inhaber von den Läden in der Nähe erzählt. Als ob es mich nichts mehr angeht, was mit den Kunden läuft oder was in die Ladenkasse fliesst. Sie haben mir dieses und jenes von Besuchern und Nachbarn mitgeteilt. Ich habe mich mit dem zufrieden gegeben, was sie preisgaben, wie sich Hadscha Chadîdscha früher mal mit dem zufrieden gab, was ich ihr erzählte, und sich klar wurde, dass die Sache sie nichts angeht. Die Backstube in Beirut hat immer die zur Familie gemacht, die drin gearbeitet haben. Ich habe das erst begriffen, als ich meine Habseligkeiten nahm und ins Dorf zurückging. Sie haben sich völlig verändert. Sie haben die Stirn gerunzelt und die Mienen der Erschöpfung nicht mehr aus ihren Gesichtern genommen. Sie strichen sie sogar noch heraus. Sie haben gemerkt, dass das das Merkmal ist, das den, der das Sagen hat, von dem unterscheidet, der gehorcht. Einmal hab ich einen von ihnen gefragt, warum er so sorgenvoll und erschöpft wäre. Da wurde er es noch mehr. Ich sehe sie überhaupt nur noch mit diesem Gesichtsausdruck. Als würden sie versuchen, vor mir den Eindruck von Männlichkeit zu erwecken. Wir haben Rollen und Mienen getauscht, in dem Augenblick, als ich die Backstube in Beirut verlassen habe. Und seither tun sie so, als dächten sie über Dinge nach, an denen ich keinen Anteil habe, Dinge, von denen ich nichts weiss und die ihre Gesichter weit weg gehen lassen, hingezogen zu der Arbeit, die sie in Beirut zurückgelassen haben.

Sie zeigen Zeichen der Erschöpfung auf ihren Gesichtern, wenn sie zu mir kommen, und zwar um das volle Besitzrecht zu manifestieren und es sich nicht mehr streitig machen zu lassen. Nachdem ich ihnen die Backstube überlassen habe, bin ich mehrfach hingegangen. Ich hab angefangen, die Vorräte und das Brot zu inspizieren, als wollte ich sie daran erinnern, dass sie eine Arbeit tun, die eigentlich meine ist. Ich bin überall in der Backstube rumgelaufen, habe Scherben und Papierschnipsel aufgehoben und sie in den grossen Abfallkübel unter der Treppe zum Speicher geworfen. Ich habe mit prüfendem Blick den Backofen betrachtet und mit dem Stiel der Brotschaufel auf die Ziegel geklopft. Ich habe sie daran erinnert, dass sie eine Arbeit tun, die eigentlich meine ist. Nicht, um ihre Autorität bei den Angestellten zu schmälern, sondern um die Beziehung zwischen uns so zu erhalten, wie sie immer war. Ich habe mich hinter den Ladentisch gestellt, um die Kunden zu bedienen, wie ich es früher immer tat. Ich frage einen von ihnen, der neben mir steht, wieviel der Kuchen kostet, und er kommt, um meinen Platz einzunehmen. Auch sie spielen ihr Spielchen, wenn sie versuchen, mir deutlich zu machen, dass vieles sich geändert hat, seit ich nicht mehr da bin. Es kommen Kunden, die ich nie zuvor gesehen habe, und wechseln mit ihnen rasch ein paar Worte. Ich weiss nicht, wie ich mich derweil verhalten soll. Im Kopf zähle ich immer wieder das Geld zusammen, und da fällt mir mein Bruder Hadsch Salîm ein und wie langsam er immer mit den Kunden war.

Als ich wieder mal nach Beirut runterfahre, ist mir, schon bevor ich den Fuss in die Backstube setze, klar, dass es das Beste für mich wäre, mich in eine Ecke zu hocken und mich nicht von der Stelle zu rühren. Nicht nur wegen dem Vorfall vom vorangegangenen Mal, sondern weil meine Kleider und mein Körper irgendwie nicht zusammenpassten und ich mir wie ein flüchtiger Besucher vorkam. Ich bin durcheinander in Beirut, als hätte ich nie dort gewohnt und nie eine Backstube betrieben. Mein Anzug ist schwer und gesättigt mit der Luft und den Gerüchen vom Dorf. Ich finde, ich müsste erst einmal einen Einklang zwischen meinem Körper und meinen Kleidern herstellen.

Ich setze mich ruhig auf den Stuhl in der Ecke und begnüge mich damit, von hinten in der Backstube, wo die Arbeiter sind, einfach nur zu schauen. Ich sitze da und warte, dass einer von meinen Söhnen mit seiner Arbeit fertig ist und mich im Auto zu sich nachhause bringt. Schliesslich gehe ich sogar hinaus auf die Strasse, um neben dem Auto zu warten, in der Annahme, das würde die Abfahrt beschleunigen. So akzeptiere ich ihnen gegenüber auch, dass mir von meiner Backstube nur noch die fünfhundert Lira geblieben sind, die sie mir allmonatlich zahlen, als Anteil am Gewinn.

Der Sohn nimmt mich nachhause, wo er ein paar Minuten nach der Ankunft schon schläft. In der Wohnung, die ich meiner Tochter überlassen habe, lassen sie mich allein mit ihr zurück und gehen zur Arbeit. Sie ist in der Küche. Ich rufe sie und warte eine Zeitlang, bis sie kommt. Ich sag ihr, sie soll mir einen anderen Radiosender einstellen. Sie wird unwirsch, während sie das kleine Radio schüttelt, als wollte sie was rausschütteln. Sie hat die Wohnung nach ihrem Geschmack eingerichtet, und wenn ihr Mann von der Arbeit kommt, gibt er mir das Gefühl, ich würde auf seinem Bett, nicht in meinem Haus hocken. Sie übernehmen den Platz, kaum dass ich ihn geräumt habe. In Beirut haben sie mir nichts gelassen als die Reise zwischen ihren Wohnungen. Zwischen diesen bewege ich mich hin und her, um mit ihren Frauen und ihren Kindern zusammenzusitzen. Ich gehe Treppen runter, um andere raufzugehen, und ich weiss nicht, ob sie sich mehr über mein Kommen oder über mein Gehen freuen. Mein Sohn steigt hinter mir die Treppe rauf, und oben bei der Tür stehen wartend seine Frau und die Kinder. Ein Empfang, der nicht lange dauert. Nachdem ich mir einen Platz gesucht habe, beginnt die Zeit langsam zu verstreichen. Ich sammle meine Habseligkeiten um mich auf dem Bett oder dem Sofa und rufe dann die Frauen, die in der Wohnung tätig sind. Vom Augenblick an, wo ich mich hinsetze, beginnt die Zeit langsam zu verstreichen, und ich denke daran, woanders hinzugehen. Von Beirut war mir nur noch meine Wanderung auf den Strassen zwischen ihren Wohnungen und den Treppen geblieben, die zu ihnen raufführten. Wer seinen Kindern zu Lebzeiten etwas vererbt, kann nicht mehr unter ihnen sitzen, hat mir Sajjid

Mahdi mal gesagt. Ich habe nicht auf ihn gehört. Ich hab ihnen jedesmal nachgegeben, um meine frühere Beziehung zu ihnen wiederherzustellen, und wäre es auch nur für eine oder zwei Wochen. Ich bin in ihrer Mitte gegangen, um mit ihnen meine Landstücke zu besuchen, die auf die ganze Dorfgemarkung verteilt sind. Ich hab ihnen die Grenzen gezeigt, die mein Land von dem von anderen trennt. Das alles hab ich sehr gewissenhaft gemacht und bin mit ihnen auch die Gemarkungsgrenzen entlang marschiert, als könnte ich so die Zeit verlängern, während der ich sie schweigend an meiner Seite sehe. Ich habe Sajjid Mahdi gefragt, wie sein Vater seine letzten Tage verbracht hätte. Gelangweilt und einsam, hat er erwidert. Als er sich mit ihm ein Jahr vor seinem Tod unterhielt, hätte er gesagt, alle seine Bekannten wären tot.

Damals ist mir klar geworden, dass die Männer der Religion sich wie wir Freunde und Bekannte nehmen und dass sich keiner von ihnen damit zufrieden gibt, zuhause rumzusitzen und auf Leute zu warten, die ihnen Fragen stellen. Warum er denn nach dem Tod von seinen Freunden keine neuen Bekanntschaften gemacht hätte, wollte ich wissen. Damals war mein Besitz noch in meiner Hand und meine Kinder waren noch bei mir. Vererben Sie ihnen nichts, hat er mir gesagt, und ich habe geglaubt, er würde ihre Undankbarkeit fürchten, weil er alle Leute in den gleichen Topf wirft und sich nicht um Unterschiede schert. Er redet von ihnen in seinen Predigten, als würden sie alle auf die gleiche Weise einsam leben und einsam sterben.

Sie haben mich von dem letzten Stück Land geworfen, das ich für mich behalten hatte. Allen voran mein ältester Sohn sind sie anmarschiert gekommen. Es wäre ihrer unwürdig, wenn ich in meinem Alter noch arbeite, hat er erklärt. Seine Stimme war fest und vorwurfsvoll. Ich bekam fast gar den Eindruck, ich wäre klammheimlich auf mein Land gegangen. Es war der gleiche Auftritt wie damals, als sie von meinem Besuch bei der Frau in Marwanîja erfuhren. Es war auch genau der gleiche Ton wie damals, als Abu Fâjis mir sagte, ich sollte endlich aufhören, Angst vor dem Tod zu haben. Er legte seinen ganzen grimmigen Gesichtsausdruck auf seine Lippen und nahm den Ton von Leuten an, die ich nicht kenne. Als wollte er schon im voraus meine Einwände oder meinen fragenden Blick parieren. Auftritt und Ton waren identisch. Als würde ich nichts als Fehler machen, die eigentlich schon Sünden sind. Als ob ich eine grosse, unaussprechliche Untat begangen hätte, für die sie mich bestrafen, wann immer es ihnen in den Sinn kommt. Ich habe mich gefragt, was ich bloss mit meiner Zeit anfangen sollte, und ich habe gespürt, dass ich wirklich krank werden würde, wenn ich mich wie ein Kranker benehme. Also fing ich an, leichte Kost zu mir zu nehmen, um möglichst lange gesund zu bleiben. Ich stellte mir einen Teller Dickmilch zum Abendessen hin und bildete mir ein, so könnte ich Dinge rauszögern, die doch mal kommen. Aber was sollte ich nach dem Dickmilchabendessen tun? Was am Tag drauf? Nach zwei Wochen hab ich meinen Körper und seine Diät wieder vergessen. Ich zünde mir mit meinen zitternden Fingern eine Zigarette an und der Rauch zieht dahin wie durch einen baufälligen Schlot. Erst nach ein paar Wochen oder ein paar Monaten versuche ich es nochmals. Ich hatte die Schachtel, die noch nicht leer war, fortgeworfen. Weg mit dir für zwei Monate oder weg mit dir für sechs Monate, hatte ich ihr hinterher gerufen. Das wäre schwieriger, als endgültig damit aufzuhören, hat man in unserer Familie gesagt. Aber sie kannten meine Willenskraft. Das hat mir geholfen, die Zeit leicht verstreichen zu lassen oder mein Herz zu drängen, mir dorthin vorauszugehen, wohin ich ging. Mein Rauchen zu kontrollieren fällt mir nicht schwer. Der Mensch nimmt rasch die Eigenschaften an, die ihm zugeschrieben werden. Bis ich siebzig war, bin ich in den Brunnen runtergestiegen, nicht allein aus eigenem Antrieb, sondern auch, weil die anderen sich vor der Dunkelheit und der Tiefe fürchteten. Wenn ich ins Wasser eintauchte, hab ich mir klargemacht, dass es das Wasser war, das ich trinke. In der Finsternis hab ich den ersten Schreck gemeistert, indem ich mein Herz an seinem Ort festmachte. Aus der Predigt von Sajjid Mahdi war mir der Ausspruch des Propheten Muhammad in Erinnerung, wenn du dich vor etwas fürchtest, lass dich reinfallen. Und wie ist das mit dem Tod, Sajjid Mahdi, sollen wir uns in den auch reinfallen lassen? hab ich ihn gefragt, als er danach von der Kanzel herabstieg. Vor nichts anderem hatte ich Angst. Nicht vor dem Tod an sich, sondern vor dem, der zu uns kommt, wenn wir im Bett liegen. Dem wirklichen Tod, den unsere Angehörigen gestorben sind, nicht dem, der Lärm erzeugt und Blut fliessen lässt, den wir im Stehen erleiden, als Hieb in die Seite. Den fürchte ich nicht, weil er am helllichten Tag kommt und eintritt, kaum dass unser Körper zu Boden gestürzt ist. Nein, Sajjid Mahdi, ich meine die Angst vor dem, was die Toten in ihren Gräbern erleben, vor den Dschinnen und den Engeln, die über ihnen schweben. Sie hab ich in die Tiefe von dem Brunnen geworfen.

Das Licht hat sich aus meiner Hand gelöst, und sie sind verschwunden. Das Wasser ist wieder vertraut geworden, als die Dunkelheit daraus entfernt war. Ich bin darin geschwommen, ohne Furcht vor den Geräuschen aus der Reglosigkeit, die ich mit meinen Bewegungen aufstörte, während die anderen furchtsam und verstört dort oben gewartet haben.

Ich hab Angst vor dem Tod, auch wenn mich mein Sohn Abu Fâjis mahnt, ich sollte das bleibenlassen. Ein Vierundneunzigjähriger wie ich wird nicht mehr mit Getöse und Blutvergiessen sterben. Es gibt keine Gefahren, die lauern, und keine Feinde, die ich mir in diesem engen Raum zwischen Küche, Bett und Terrasse vorstellen könnte. Sie haben mich von meinem Land geworfen, ohne dass ich ihnen hätte sagen können, was ich mit meiner Angst mache. Das sind Dinge, über die man nicht spricht und für die man bei meinem Sohn Abu Fâjis nur ein verächtliches Echo bekäme, eine grimmige Miene, die er auf seine Lippen und seine Zähne konzentriert. Er würde mir zu verstehen geben, nun hätte sich sein Verdacht doch bestätigt, dass ich vor dem Tod Angst habe. Wir müssten alle mal sterben, hat er mir gesagt, auch er selber. Ich bin auf meinem Bett liegengeblieben, ohne ein Wort zu sagen. Er will, dass ich mich dem Tod hingebe und ihn akzeptiere, einfach nur, weil er sowieso kommt und es kein Entrinnen gibt. Er wählt einen Zeitpunkt, wenn ich krank bin, um mir zu erklären, wie harmlos der Tod ist. Als würde er mich einfach bei der Hand nehmen und meinen kranken Körper zu sich ziehen. Er glaubt, er hilft mir, wenn er denkt, mich würde am Sterben einzig meine Angst und mein Starrsinn hindern. Wenn ich ihn bitte, den Arzt aus Nabatîja zu holen, antwortet er, die Ärzte hätten auch noch anderes zu tun, als für mich da zu sein. Insgeheim frage ich mich, ob er wirklich keine Angst vor dem Tod hat. Ich meine, vor seinem eigenen Tod, nicht dem, über den er redet und über den er nichts anderes zu sagen weiss, als dass „die Seele aus dem Körper aufsteigt". Er hebt seine zur Faust geballte Hand von seiner Brust zu seinem Kopf und glaubt, mir so erklären zu können, wie sie aufsteigt, leicht und locker, einfach so, als wäre ich gar nicht sein Vater.

Wenn mein Zustand sich verschlimmert hat, steht er mit den Besuchern zusammen und erzählt ihnen, was mir in der Nacht zuvor passiert ist. Ob ich schlafe oder zuhöre, kümmert ihn nicht. Er berichtet ihnen, was ich getan habe und wo ich Schmerzen hatte, und das ohne den geringsten Versuch, seine Stimme zu dämpfen. Ich höre alles. Manchmal stöhne ich, oder ich öffne die Augen und erkenne ihn unter den anderen. Er sagt ihnen, er hat die Augen aufgemacht. Dann tritt er näher. Er zieht mir die Decke bis ans Kinn hoch, wartet einen Augenblick und setzt dann seine Erklärungen fort. Er glaubt, meine Krankheit hätte mich völlig vereinnahmt, mein Geist wäre reduziert und ich wäre nicht mehr imstande zu begreifen, was mir an die Ohren dringt. Es ist, als wäre ich gar nicht sein Vater. Er spricht davon, was ich tu, und davon, was mich schmerzt, als wäre ich ein defektes Gerät, und wenn seine Worte ihn zwingen, auf mich zu zeigen, macht er eine Kopfbewegung, eine rasche Bewegung nach oben, die andeuten soll, dass ich da liege. Als wollte er mich samt Bett noch ein Stück nach hinten schieben, um sich noch mehr von mir zu lösen und noch weiter von mir zu entfernen. Ich bewege meine Zunge im Mund, und der Laut aus meiner trockenen Kehle erreicht ihre Ohren. Ich weiss, dass sie jetzt alle ihre Blicke auf mich richten, denn für einen Augenblick verstummt das Gespräch. Sie stehen da und können sehen, dass mein Zustand sich verschlechtert und der Tod bevorsteht. Sie starren mich unverwandt an, um sicher zu gehen.

Aber es war nur eine Krankheit, nicht das Ende.

Ich bin wieder aufgestanden, schwach und bleich, aber wissend, dass ich genesen bin. Mein Wunsch aufzustehen hat mir das gesagt. Es ist am Morgen. Einen langen Teil der Nacht hab ich geschlafen. Ich stehe auf und gehe zu meinem Stuhl auf der Terrasse, schwindlig und mit unstetem Blick, aber ich komme hin. Meine Schwiegertochter wird noch zwei Stunden schlafen, bis sie erfährt, dass ich auch diesmal dem Tod entronnen bin. Sie würde sicher noch vor mir sterben, und der Todesengel wäre gegen mich machtlos, wird sie hasserfüllt ihren Kindern erklären. Das Schwindelgefühl weicht aus meinem Kopf, nachdem ich ein paar Minuten auf dem Stuhl gesessen habe. Ich hebe meine Hand zu dem Bart, der mir am Kinn spriesst, und da fällt mir der Weg zum Friseur in Nabatîja ein. Ich lege meine andere Hand auf die Brüstung der Terrasse. Strecke sie nach vorn, damit sie sie sehen, wenn sie aufstehen. Dann können sie meinen Sohn runterschicken, damit er mir Tee kocht.

7

Mein Sohn Kâssim behauptet, ich würde sie alle aufwecken mit der lauten Koranrezitation aus dem Radio am frühen Morgen. Sie würden sich in ihren Betten wälzen, unfähig, sich gegen diesen Lärm von unten die Ohren zu verstopfen. Es würde ihnen nicht mal was nützen, den Kopf unters Kissen zu stecken oder den Schlaf anzuflehen, in ihren Körpern zu bleiben. Es ist alles, was mir an Gottesdienst noch geblieben ist, nachdem ich seit zwei, drei Jahren das Gebet nicht mehr verrichten kann. Gefastet hab ich gar nie einen vollen Monat. Nicht weil ich hungrig war, sondern weil es mich gelangweilt hat. Ich habe noch nie einfach so dasitzen können, um auf jemand oder auf etwas zu warten. Zu ihr hab ich gesagt, steh auf, Hadscha, bring mir was zu essen. Sie ist einen Augenblick unschlüssig stehengeblieben, bevor sie sich umdrehte und in die Küche ging.

Ich habe das Radio immer ganz laut aufgedreht und es mit rausgenommen, um es auf die Brüstung der Terrasse zu stellen. So konnte ich mein Gebet verrichten. Mitten im Zimmer nahm ich meine Niederwerfungen vor und habe mit lauter Stimme das Gebet gesprochen. Dabei hab ich Hadscha Chadîdscha vergessen, die mir gegenüber in ihrem Zimmer die Niederwerfungen vornahm. Sie sass immer lange auf ihrem Gebetsteppich, und ich habe geglaubt, das hätte damit zu tun, dass sie die Koranverse so langsam rezitiert. Sie war eben gleich langsam beim Gebet wie bei der Arbeit. Ich hatte mich allemal schon ganz angezogen, wenn sie immer noch dasass. Ich bin vor sie hingetreten, damit sie mich sah. Sie nahm eine unterwürfige und nachdenkliche Haltung ein, als würde sie den Worten nachsinnieren, von denen ich weiss, dass sie sie nicht verstanden hat. Sie hat den Koran rezitiert, ohne etwas davon zu begreifen. Als ich den grossen Koran kaufte, hab ich ihr gesagt, sie sollte drin lesen. Sie hat lange reingestarrt, wie Schulkinder das tun, und dann gesagt: „Siehe, wir haben dir einen offenkundigen Sieg aufgetan." Als ich sie fragte, was denn das heissen sollte, hat sie geantwortet, Gott hätte dem Propheten ein grosses Tor geöffnet. Warum das denn ein Zeichen wäre, hab ich nachgefragt. Sie hat den Koran rezitiert, ohne den Inhalt zu kapieren. Sie ist auf dem Gebetsteppich gehockt und hat langsam die Verse runtergeleiert und nach jedem Wort innegehalten. Das würde einen besonders tiefen Glauben zeigen, hat sie gemeint. Wenn ich sah, dass sie es allzusehr übertrieb, hab ich sie gefragt, wo sie die Strümpfe hingelegt hätte. Wo hast du sie hingelegt? Sie hat mit dem Kopf hin und her gewiegt, bevor sie sich langsam erhob und murrend zum Schrank schlurfte.

Auch sie hat behauptet, ich würde das Radio zu laut aufdrehen. Sie stellte sich nämlich allemal auf ihre Seite, wenn sie im Sommer kamen. Sie ist zu ihnen raufgegangen, kaum dass sie das Gefühl hatte, sie könnten aufgewacht sein, und hat den ganzen Morgen bei ihnen verbracht. Ich musste zwei oder dreimal nach ihr rufen, bis sie mich hörte und runterkam. Wenn sie dann schliesslich erschien, hab ich die Stimme gegen sie erhoben, damit auch sie, die da oben standen, es hörten. Sie reckten die Hälse vom Balkon, um mitzubekommen, was ich tat. Aber ich hab einfach nur die Stimme gegen sie erhoben. Nicht aus Furcht vor ihnen, sondern weil sie stumm bleibt, was mich immer in Verlegenheit bringt, wenn ich doch am liebsten die Hand gegen sie erheben möchte. Es ist, als würde sie Schutz bei der Gottesfurcht ihres Vaters suchen, der schon vor sehr langer Zeit gestorben ist. Sie hat immer den Anschein erweckt, sie würde gezwungenermassen in meinem Haus wohnen. Sie hat mich denken lassen, sie würde schweigen, weil sie zwischen dem Leben bei ihrem Vater und dem bei mir Vergleiche anstellt. Ich habe nie die Hand gegen sie erhoben, denn jedesmal hat sie rasch ein fremdartiges Gesicht gezeigt, das auch ihre vielen Jahre in meinem Haus nicht tilgen und beseitigen konnten.

Wenn ich das Radio laut stelle, so tu ich das auch, damit sie alle aufwachen, damit sie sich in ihren Betten wälzen und sich dabei bemühen, nicht zu laut zu schimpfen, damit ich sie unten nicht höre. Das ist alles, was mir an Autorität im Haus noch geblieben ist. Ich drehe das Radio auf volle Lautstärke, um meine Autorität zu testen, und jedesmal erwarte ich, dass mich jemand anfaucht. Mein Sohn hat gewartet, bis ich fertig gegessen hatte, um mit mir darüber zu reden. Ich hab ihm geantwortet, das wäre schliesslich das Wort Gottes, und sie könnten es ruhig hören. Ihm gefiel das nicht. Er hat mich angeschaut, als wollte er sich mit mir darauf einigen, dass ich kein wirklicher Gläubiger wäre. Weder ich noch er. Er ist fast sechzig und hat noch nie regelmässig gebetet. Der Glaube erreicht ihn in heftigen Schüben und verflüchtigt sich dann wieder. Es ist wie bei mir mit dem Rauchen. Wenn er auf seinem Gebetsteppich seine Pflicht verrichtet, tut er es lautstark, als müsste er für die vergangenen Zeiten sühnen, in denen er nachlässig war.

Weder bin ich noch ist irgendeines von meinen Kindern besonders gläubig. Ich kann mir auch ebensowenig wie sonst jemand meinen Ältesten vorstellen, wie er demütig vor seinem Herrn steht. Sein Ton und die grimmige Miene auf seinen Lippen und seinen Zähnen deuten wohl auf eine andere Einstellung hin. Ich habe sie immer zur Backstube mitgenommen, als sie noch klein waren. So hatten sie gar nicht die Möglichkeit, die Sprüche und Erklärungen aus dem Scheichmund zu lernen. Ich habe mir gesagt, entweder gewöhnen sie sich an die Arbeit oder sie verbringen ihr Leben schlaff und untätig. In der Wohnung, die ich in Nabatîja gemietet hatte, hab ich Hadscha Chadîdscha gesagt, sie sollte ihnen aus dem Koran vortragen, was sie aber nicht tat. Als hätte sie ihn nur gelernt, um ja sagen zu können, wenn sie gefragt wurde, ob sie ihn gelernt hätte. Sie schlägt ihn auf und liest einen oder zwei Verse, dann starrt sie auf die Personen um sich herum, als würde sie eine Ermutigung erwarten zum Weiterlesen. Ihre Stimme klingt komisch, als würde sie Leute aus anderen Dörfern nachahmen. In Gegenwart von anderen stelle ich sie auf die Probe und fordere sie auf, ihnen vorzulesen. Ich will herausfinden, ob sie ebenso komisch wirkt wie ihre Stimme. Ihr Vater war extrem gottesfürchtig. Man hatte förmlich den Eindruck, er würde seinen Geist aus eigener Kraft aufgeben. Er legte sich die Hand auf den Bauch und sagte zu seiner Seele, hierher bist du gelangt. Dann hob er sie und legte sie sich auf die Brust. Und sagte, gut gemacht, gut gemacht! Er richtete sich im Bett auf und sass mit dem Rücken gegen die Wand gelehnt. Ich fragte ihn, was ist dein letzter Wille an mich, Onkel? Die Sorge für die beiden Mädchen, erwiderte er, der Junge weiss selbst für sich zu sorgen. Erhebe dich, erhebe dich, Gesegnete. Er wandte sich wieder seiner Seele zu, damit sie sich aus seiner Brust entfernte, wo sie sich hartnäckig hielt. Und das Haus?, wollte ich wissen. Doch er antwortete nicht. Dann also das Land, wem soll das gehören? Er schaute nicht auf mich, und auch sonst auf niemand von denen, die dabei sassen. Sein Gesicht wurde immer rosiger, als wollte er sich schön machen fürs Sterben. Auch zu Lebzeiten ist ihm sein Eigentum immer gleichgültig gewesen. Er hat davon verkauft, als würde er durch den Verlust nichts verlieren. Und das Haus in Kautharîja, was sollen wir mit dem tun? Er war glücklich, sein Lebensende selber in die Hand zu nehmen. Geh, Gesegnete, sagte er zu seiner Seele und atmete aus, kurz und kräftig. Ich bin zu Hadscha Chadîdscha rausgegangen, die wartend bei den Frauen sass. Sie ist mit geneigtem Kopf und geschlossenen Augen dagesessen, als würde sie die Erinnerungen zählen, die an ihr vorüberzogen.

Ich habe das Radio immer ganz aufgedreht, um sie alle aus dem Bett zu jagen. Ihr Geschrei drang immer bis Mitternacht zu mir. Ich habe das Licht angelassen, weil ich wusste, dass ich nicht einschlafen könnte, solange ich ihre lauten, schrillen Stimmen höre, die über jemand schimpfen, den sie schon den ganzen Abend durchgehechelt haben. Ich steh auf, um ein dringendes Bedürfnis zu verrichten, das mich zusätzlich wachhält. Ihre Stimmen flauen eine Zeitlang ab, dann geht es von neuem los. Das muss die vierte Runde Kaffee sein, die sie ihnen gebracht hat. Sie holt ihn rasch aus der Küche auf den Balkon, um sie eine weitere Stunde dazubehalten. Ich hab ihm aber nicht gesagt, sie sollten ihre Stimmen bei Nacht etwas dämpfen, weil er mir niemals glauben würde, dass sie mich wachhalten. Er nimmt an, meine Ohren wären so schwach wie meine Augen. Er glaubt auch, beides würde mit jedem Tag schwächer. Wenn er von der Arbeit kommt, starrt er mich an – ich merk es genau –, als wollte er herausfinden, wie weit ich schon abgebaut habe. In ein paar Monaten machen sie mich um Jahre älter und behandeln mich entsprechend. Keiner glaubt, ich wäre bei zwei aufeinanderfolgenden Besuchen derselbe. Sie glauben, sie hätten gegen mich ein paar Runden gewonnen und behandeln mich nach meiner Krankheit nicht mehr wie früher. Abu Fâjis spricht auch jetzt, nachdem ich wieder gesund auf der Terrasse sitze, im gleichen Ton mit mir wie zuvor, als ich stöhnend auf meinem Bett lag. Als hätte er eine Runde gegen mich gewonnen. Er wartet, dass ich um etwas bitte oder über etwas klage, damit er sein grimmiges Gesicht aufsetzen kann. Kâssim dagegen bringt mir weiterhin Siechennahrung, die vielleicht heilsam, aber ungeniessbar ist. Ich sag ihm, ich wäre gesund, worauf er nicht so recht weiss, was er mit dem kleinen Teller in seiner Hand tun soll. Sie glauben nicht, dass ich wieder gesund bin, sondern nur, dass ich dem Tod entronnen bin. Als ich aufgestanden und auf die Terrasse rausgegangen bin, haben die Männer aufgehört, zu mir zu kommen. Sie brauchen mehr als die Krankheit, um sich im Zimmer um einen meiner Söhne zu versammeln und schweigende, leidvolle Mienen aufzusetzen. Sie sind nicht gekommen, um mir einen Krankenbesuch zu machen, sondern um meine Söhne nicht allein mit dem Toten im Zimmer zu lassen.

Sie gewinnen die Runde der Krankheit gegen mich. Sie glauben, dass ich nicht mehr der Barmherzigkeit würdig bin, die mir mit meinem Hinschied zuteil geworden wäre. Fast hat es den Anschein, als hätte ich mich durch meine Genesung klammheimlich an sie herangeschlichen, von hinten, wie ein Feind. Sie meinen, ich wäre gerettet worden durch meine Umsicht und meine Vernunft, die nicht zu der Ergebung passen, die Leuten meines Alters ansteht. Sie wollen, dass mich meine Krankheit zum Tod führt, damit ich nicht das Mitleid enttäusche, das sie mir entgegenbringen, während ich auf meinem Bett liege. Als hätte ich sie in einen Hinterhalt gelockt und sie in eine Grube fallen lassen. Ich muss wohl gleichzeitig das Opfer von meiner Krankheit und meiner Heilung sein. Ob ich Schmerzen hätte, fragt mich Kâssim, und ich weiss, dass ich einen Laut ausstossen muss, der ihnen zu verstehen gibt, dass ich leide, der Schmerz jedoch unbedeutend ist und sie sich keine Sorgen zu machen brauchen. Ich zeige auf das Sofa, dann auf Abu Fâjis, als wollte ich mich dafür entschuldigen, dass er sich mit mir abgeben muss. Und ich sage zu Kâssim, setz dich, mein Junge, während ich auf mein Gesicht die gequälte Miene zeichne, die sie erwarten.

Ich habe das Radio nicht nur leiser gestellt, ich hab es ausgeschaltet. Es war alles, was mir blieb vom Wort Gottes, auf den ich mich bei meiner Umkehr verlasse. Was soll ich bereuen, wo ich nie jemand umgebracht habe, hab ich allemal zu Hadscha Chadîdscha gesagt. Sie schweigt, findet nichts, was sie in einem Satz sagen könnte. Sie denkt an ihre Schwester Fâtima, die mir nicht verziehen hat, und an meine Abneigung meinem Bruder Hadsch Salîm gegenüber. Auch an meine Gleichgültigkeit gegenüber der Religion. Sie denkt auch an andere Dinge. Dass ich Katzen widerlich finde und dass ich einen Koranvers an der Wand des alten Zimmers aufgehängt habe, um die Spalte zuzudecken, wo ich eine Waffe versteckt halte. Schliesslich denkt sie auch, dass ich Abbitte tun müsste für meine laute Stimme und dafür, dass ich meinen Körper gezwungen habe, stark und jugendlich zu sein, und in den Brunnen runtergestiegen bin, und das mit siebzig Jahren. Sie findet nichts, was sie sagen könnte, weil sie alles für gottlos hält, was von einem Leben abweicht, das in der Erwartung des Todes und in Furcht und Zittern vor dem Jenseits besteht. Ich hab immer das Radio so laut gestellt, wie es ging, und bin immer wach geblieben, um mitzukriegen, was sich im Haus um mich herum abspielt. Ich hab es gehört, ohne mein Haupt zu senken und meinen Rücken zu beugen. Ich habe meinen Körper nicht den Engeln übergeben, wie es die selige Fâtima tat, während sie die Waschung vor dem Morgengebet vollzog. Ich würde bei der Waschung zum Morgengebet die Ärmel hochkrempeln, behauptete Hadscha Chadîdscha, als wollte ich jemand umbringen. Das verdiente nach ihrer Vorstellung Busse, nicht meine Taten, von denen sie nicht wusste, welche sie an die erste Stelle setzen sollte. Ich bleibe aufrecht auf dem Gebetsteppich stehen, und meine laute Stimme jagt ihr Angst ein, als ob ich sie damit erschrecken wollte. So ist eben mein Körper und meine Stimme. Und so ist auch mein Herz.

Ich drehe jeden Tag die Koranlesung laut auf, als würde ich erwarten, die Umkehr käme schon vom langen Zuhören. Ich drehe sie auf, so laut es geht, damit sie da oben sie auch hören. Ich teile sie aus, wie ein Reicher das Brot. Das ist das Wort Gottes, sage ich, sie sollen es nur hören, während ich das Radio auf die Seite drehe, auf der der Ton am besten aufsteigt.

Ich tu nichts für meine Umkehr. Sie würde so viel Zeit erfordern, wie mir nicht mehr zur Verfügung steht. Der Moment dafür scheint vorüber und vorbei zu sein, ohne dass ich Gebrauch davon gemacht hätte. Das ist aus. Nicht weil ich nicht mehr an Gott dächte, sondern weil ich nicht mehr in der Lage bin, den Schmutz von meinem Körper zu entfernen. Wer die Klotür hinter seinem Dreck verriegelt und in einen Topf pinkelt, den er dann von der Terrasse entleert, ist nicht mehr in der Lage, etwas Neues zu beginnen. Meine Kinder werden behaupten, das wäre ein Zeichen von Schwachsinn. Aber ich weiss, dass ich mich so verhalte, weil ich der einzige bin, der ein solches Alter erreicht hat. Sie haben ihre Körper gebeugt und gewunden, um sie auf den rechten Weg zu bringen. Der Vater von Hadscha Chadîdscha sagte zu seiner Seele, erhebe dich, erhebe dich, Gesegnete, als ob er gewusst hätte, wohin sie geht. Hadscha Chadîdscha ist mit geschlossenen Augen gestorben. Als ob ihre Seele kein bisschen auf ihr lasten würde. Ich hab unwirsch und ungeduldig zu Abu Fâjis gesagt, Gott verfluche dieses Leben, es nimmt ja kein Ende. Damit hab ich riskiert, dass er rausgeht oder sich hinter sein Schweigen zurückzieht, was noch schmerzlicher ist, als wenn er grimmig blickt oder schimpft. Es hat ihm seltsam im Ohr geklungen. Ich habe sogar geglaubt, er hätte Mitleid mit mir. Einen Augenblick lang meinte er plötzlich, ich würde an meinem Alter leiden und meine Krankheit würde mich fertigmachen und mir Schmerzen bereiten. Ich habe mein Alter verflucht und dabei beide Hände runterfallen lassen, als wollte ich etwas auf den Boden werfen. Diese Handbewegung hab ich noch ein zweites Mal gemacht, um ihm zu verstehen zu geben, dass die Seele nicht in die Höhe steigt, sondern runterfällt, eben wie Kacke. Er hat nichts gesagt. Ihm kam es sicher so vor, als könnte ich den Schmerz und die schlechte Behandlung durch sie nicht mehr aushalten. Einen Augenblick hielt er inne, als würde er hinter die Tür schauen. Dann trat er näher zu mir heran und fragte, wo es mir weh täte. Als ich meiner Schwiegertochter sagte, der Todesengel Asraîl wäre gegen mich machtlos, war es, als würde ich mein Alter beiseite schieben und mich allein meiner Streitsucht und meiner Dickköpfigkeit hingeben. Schon das allein verlangt Umkehr, hätte Hadscha Chadîdscha gesagt, wenn sie mich gehört hätte.

Sie haben ihre Körper auf den rechten Weg gebracht, um sich einem Willen zu übergeben, der sich ihrer erbarmt. Mich dagegen hat Gott sich selbst überlassen. Ich marschiere allein auf der langen Terrasse hin und her, als ob ich die Leute mit dem Fuss wegstossen würde. Sie nehmen Reissaus wie die Vögel, verscheucht von meinen Schritten. Die Frau schliesst ihre Tür und ihre Fenster, um den Abstand zwischen ihr und ihren Kindern und mir zu vergrössern. Die andere Frau, der mein Bruder Hadsch Salîm das einzelne Zimmer vermietet hat, hab ich noch kein einziges Mal lachen hören. Ich habe sie alle in ihre Wohnungen vertrieben, um meine Autorität auf das ganze Haus auszudehnen. Ich lass ihnen nur den Raum, den sie mit Türen schliessen können. Sie hasten vom grossen Eingangstor mit gesenktem Haupt dorthin, als wichen sie einer Gefahr aus, die ihnen hinderlich werden könnte, wenn sie draufblicken.

Ich stelle das Radio ab und warte auf den Morgen, indem ich zwischen Bett, Terrasse und Waschtrog hin und her gehe. Ein warmer Wind streicht über mich. Woher bloss diese Wärme bei Tagesanbruch? Ich stehe auf und gehe zum Bett, lege mich hin und decke mich zu. Ich richte mich sofort zum Schlafen ein und beginne den Kampf gegen meine hartnäckige Schlaflosigkeit. Ich wehre mich gegen die Gespenster und Gesichter, die mich heimsuchen, indem ich eines davon ohne Unterbrechung reden lasse. Dann versinke ich im Schlaf, als würde ich mich von hoch oben reinstürzen. Die Gesichter ziehen mich runter zu Regionen, in deren Tiefe ich plötzlich stehenbleibe, weil ihre Züge fratzenhaft werden. Sie nehmen immer seltsamere Formen an, je näher sie mich der Stelle bringen, die ich für den Grund halte. Ich öffne die Augen, um den Spuk zu vertreiben, und stelle fest, dass ich hellwach bin und die Phantasiegebilde mit mir Schabernack getrieben haben, ohne mich auf den Weg des Schlafes zu führen. Ich werfe die Decke von mir, hebe meinen Kopf und meinen Rücken vom Bett, als würde ich, verspätet, auf etwas reagieren, das mich überrascht, aber nicht erschreckt hat. Ich gehe zurück auf die Terrasse, wo ich zuvor gewesen bin, und setze mich auf meinen Stuhl. Eine Ladung warme Luft zieht vorbei, was ich angenehm finde. Ganz langsam wird es hell, noch wenig, aber genügend, um mir die Gewissheit zu geben, dass es eine ferne Quelle dieser Wärme gibt und diese nicht einfach so entstanden ist wie das Fieber in einem kranken Körper.

8

Ich hätte mein Leben gelebt und dazu noch das von einem anderen, brach es aus ihm hervor, nachdem er ihre Treppe runtergerannt war. Jetzt müsste ich endlich sterben. Seine Stimme war lauter als die meine, die sich seit dem Mittag an den Kindern heiser geschrien hatte. Er war fürchterlich wütend. Er hob und senkte seine Hand, als wollte er mit der Faust auf mich eindreschen. Auch dass ich meine Mitmenschen von mir befreien müsste, sagte er. Uns trennen ein paar Stufen, die er höher steht. Auf dem Balkon stand seine Mutter zwischen den anderen und schaute schweigend zu. Als wollte sie ihn auffordern, noch zorniger zu werden und noch lauter zu schreien. Auch die Frau vom oberen Stock im Haus von Hadsch Salîm kam raus. Die Kinder, zu denen ich runtergegangen war, zogen sich zu den Beeten zurück, um uns zusammen sehen oder auch um sich klammheimlich aus dem Staub machen zu können, sollte etwas Schlimmes geschehen.

Er brachte mich zum Schweigen und liess mich ratlos und wie betäubt allein auf dem Hof stehen, den die Kinder geräumt hatten und der für alle Blicke offen unter ihren Balkonen dalag. Es war, als würde ich auf das Ende seines Gezeters warten, um mich umzudrehen und in mein Zimmer zu gehen. Er hob und senkte noch immer seine Hand, ohne sich mir auch nur einen einzigen Schritt zu nähern. Ich habe nichts mehr gesagt und von seinen Worten nur die Beschimpfungen gehört, mit denen er mich bedachte. Er hat sie mit aller Kraft geschleudert und, was ihm besonders gefiel, auch noch ein- oder zweimal wiederholt. So hat er mich aus meiner Betäubung geweckt. Plötzlich bin ich mir bewusst geworden, dass ich den Blicken der Leute von den bevölkerten Balkonen ausgesetzt war. Ich stand da, als würde ich auf das Ende seiner Ansprache warten, um mich umzudrehen und in mein Zimmer zu gehen.

Er, das war derjenige, dem ich einmal hundert Lira geschenkt habe, damit er sich die Haare schneiden lässt. Ein andermal hab ich ihm sogar was zu essen gekocht, für das Hadscha Chadîdscha zwei Tage gebraucht hätte. Ich bin über die Matratze gestiegen, die ich ihm neben meinem Bett hingelegt hatte. Als er aufwachte, hab ich ihn gefragt, was willst du heut essen? Er hat sich auf seinem Bett gestreckt und raffinierte Speisen genannt und gelacht. Wir wären niemals imstande, etwas Essbares zu kochen. Steig ab, Opa, sagt er, ich bin dran, worauf ich absteige und ihm die Eselin zu einem hohen Stein führe, damit er raufklettern kann. Und einmal oben, fragt er mich nicht mehr, ob Kautharîja noch weit ist. Ich gehe hinter ihm her und ziehe die Kuh. Er hat immer vor Glück gelacht, wenn er mir einen Streich spielen konnte. Und ich sehe die Worte leicht aus seinem Mund kommen. Er hat nie etwas in seinem Herzen zurückbehalten. Ich hab ihn sogar dem Stier zuschauen lassen, der wacker unsere Kuh besprungen hat, weil ich geglaubt habe, sein Gekicher würde der Szene das Peinliche und das Unanständige nehmen. Während ich so dastand und er immer weiter schrie, hab ich ihn angeschaut. Sie haben ihn in ihre Clique gezogen mit dem Getue gegen mich und den Intrigen, die sie mit ihrem Kaffee zusammenbrauen. Als ich ihm sein Geschrei zurückgab, hat mich nur meine laute Stimme beschäftigt, mit der ich versucht habe, es der seinen gleich zu tun. Ich stosse ein paar Worte aus, aber mein Verstand und mein Herz bleiben nachdenklich und unbeteiligt. Als ob man mit jemand in einen Kampf geraten ist, gegen den man eigentlich nichts hat. Er hat mich zum Schweigen gebracht. Ich bin auf dem Hof stehengeblieben, auch nachdem die Kinder ihn geräumt hatten, und hab ihn angeschaut, ohne zu wissen, was ich sagen sollte. Die anderen standen auf dem langen Balkon. Sie brachten ihn nicht zum Schweigen und schickten auch niemand runter, um ihn zu beruhigen. Es war, als wüssten sie schon im voraus, er würde mit seiner Attacke nicht weiter gehen, als sie von ihm erwarteten. Dann hat er sich umgedreht und ist noch vor mir die Treppe raufgegangen, wortlos und lässig, damit sie ihn oben willkommen heissen und beglückwünschen könnten.

Es waren viele da oben, die Familien und ihre Gäste, die sie aus Beirut mitbrachten. So viele, dass ihre Autos denen, die zu Fuss zum grossen Tor kamen, keinen Platz mehr liessen. Ihren Jüngsten, Achmad, hab ich aufgefordert, er sollte mit seinen Freunden etwas weiter weg von meinem Fenster Karten spielen. Doch er war nicht bereit zu weichen. Sie gewinnen Runden gegen mich, und danach behandeln sie mich nicht mehr wie zuvor. Ich hab Achmad einmal angeschrien und bin dann zurück ins Bett gegangen. Man hört sie an Stellen im Haus, die früher vor ihnen sicher waren. Sogar im schmutzigen Kuhstall haben sie sich eingerichtet und haben Stühle auch auf die engen Treppenabsätze gestellt. Wenn sie zu so vielen sind, bleibe ich wach und komme mir vor wie ein kleiner Junge, der sich vor den Gästen der Familie unartig aufführt. Ich verbringe einen endlosen, ermüdenden Tag, verfolge ihr Gelärm von unten und erschrecke, wenn ich einen von ihnen irgendwo im Vorbeigehen sehe. Achmad hat damit angefangen, seine Fingerknochen auf den Tisch zu schlagen und die Karten lautstark abzuwerfen, als wollte er mir damit seine Bosheit und seine Unbelehrbarkeit hörbar machen. Und wenn sie sich miteinander unterhalten, zwischen Balkon und Haus, klingt es rauf, als wollten sie jemand warnen, sich ihnen gegenüber was rauszunehmen. Das Haus brodelte von all den Leuten, die offenbar das Gefühl hatten, sie könnten von irgendwo angegriffen werden. Einer von ihnen ist dauernd auf dem Balkon gestanden und hat den Eingang und das grosse Tor beobachtet und herausfordernde Blicke runtergeworfen, dorthin, wo meine Terrasse und meine Treppe enden. Sie sind wachsam und bereit zur Attacke, die sie scheint's für eine Art Begrüssungsritual halten, das man Gästen schuldet. Um diese zu unterhalten, haben sie auch mit den Jungen vom Dorf gezankt, die ihre Knallkörper hinter ihrem Haus auf der Moschee-Strasse zündeten. Ihre Stimmen klangen kräftig und kreischend, als stritten sie mit Männern und wollten fast gar barfüssig von der hohen Wand ihres Hauses runterspringen. Wenn sie zusammen sind, unterscheiden sie sich nicht mehr voneinander. Der, der mich beschimpft hat, geht rasch unter meinem Fenster vorbei, damit ich ihn nicht sehe. Aber als ich ihm etwas zurufe, grad wie er auf der ersten Stufe ist, dreht er sich zu mir, den Kopf gesenkt, und behauptet, er hätte geglaubt, ich würde schlafen. Zwei Minuten nur, dann geht er. Und diese beiden Minuten verbringt er damit, sich mit ausgesuchter Liebenswürdigkeit nach meinem Gesundheitszustand zu erkundigen. Ich lache ihm zu, damit er näherkommt und sich noch ein wenig zu mir setzt. Komm, setz dich zu mir aufs Bett, sag ich ihm. Und als er aufsteht, verspricht er mir wiederzukommen. Nur zwei Minuten, aber da hab ich ihn ganz für mich allein, und für mich ist er wieder so klein, wie er damals war. Wenn einer von ihnen allein bei mir ist, ist er anders. Wenn er dann weggeht und ich ihn von unten höre, ist es, als würde er nur so reden, um die anderen zufriedenzustellen. Bei seinem Ausbruch auf der Treppe hat er mir erklärt, ich würde sie alle stören und niemand in Ruhe lassen. Sie schienen ihn geradezu geschickt zu haben, um für sie zu sprechen. Sie gewinnen Runden gegen mich, und danach behandeln sie mich nicht mehr wie zuvor. Sie beeilen sich, eine nächste Runde vorzubereiten, und glauben, dadurch irgendwas zu beschleunigen. Als ihr Ältester seine Stimme gegen mich erhob, hab ich nachgegeben. Ich habe mir die Hand aufs Herz gelegt und begonnen, ächzende Schmerzens- und Erstickungslaute auszustossen und hin und her zu wiegen, als wollte ich auf der Stelle zusammenbrechen. Das war nicht alles Theater. Ich hab ohne irgendwelche Anstrengung geächzt und mich gewiegt. Meine Stimme und mein Körper haben mir gehorcht, als würden sie mir bei der Erfüllung meiner Wünsche folgen. Meine Hand hob sich zur Brust, wie als Reaktion auf einen wirklichen Schmerz, und unwillkürlich sind die ächzenden Laute aufgestiegen. Schliesslich hab ich selbst nicht mehr gewusst, ob ich das noch aufhalten könnte, was ich angefangen hatte. Ich habe gefürchtet, ich würde tatsächlich zu Boden stürzen. Vielleicht beginnen so ja die Anfälle, die zum Herzstillstand führen. Ich begann, zu klagen und nach meinem Vater zu rufen. Papa, hab ich gejapst, und die Augen geschlossen. Nase und Wangen haben sich zusammengezogen, als ob ein brennendes Röcheln aus meinen Tiefen aufsteigen würde. Das würde ich nur tun, um ihnen Angst einzujagen, hörte ich den kleinen Achmad sagen. Sein älterer Bruder hatte aufgehört zu schreien und hat mich angestarrt, um herauszufinden, ob ich wirklich einen Anfall hatte. Sein Gesicht wurde von weissen Wellen überzogen. Er war hin und her gerissen, ob er mir glauben sollte oder nicht. Als ich laut aufächzte, ist er auf mich zugerannt und hat seine Hände ausgestreckt, um mich zu stützen. Von oben riefen sie ihm zu, er sollte mich auf mein Bett tragen, doch er wusste nicht, wie er das schaffen sollte. Er hat geglaubt, ich hätte überall Schmerzen. Seine Brüder kamen die Treppe runtergerannt, andere folgten ihnen, nicht um mir zu helfen, sondern um mein Gesicht, das ich mal dahin, mal dorthin drehte, aus verschiedenen Blickwinkeln sehen zu können. Einer von den Brüdern, die um mich rumstanden, nahm mich auf, andere begannen, mir kräftig Hände und Herz zu massieren. Ich konnte wieder auf eigenen Füssen stehen und hob den Kopf, um die Umstehenden anzuschauen. Als wäre ich aus einer Ohnmacht erwacht, von der ich nicht wusste, wie lange sie gedauert hatte.

Es waren viele da oben. Sie machten Platz, um mich reinzulassen, indem sie sich zu beiden Seiten des Balkons drängten, und sie schauten mich an, um herauszufinden, ob es wirklich ein Anfall war. Sie starrten mich mit prüfenden, zweifelnden Augen an. Es waren Blicke wie Hände, die meinen Körper abtasteten und meine Kleider untersuchten. Man brachte mich rasch auf die andere Seite vom Balkon und debattierte darüber, welcher Stuhl für mich der geeignetste wäre. Und ich bin dagestanden, gestützt auf meinen Stock und immer darauf bedacht, keine bestimmte Person anzuschauen. Nachdem sie mir einen grossen Stuhl gebracht hatten, bat mich ihr Ältester (derjenige, der mich so angefahren hatte) zu warten und knöpfte mir das Hemd erst auf und dann wieder richtig zu. Er glättete und schloss es mit sanften, behutsamen Händen, als wollte er jemand lehren, wie man Knöpfe durch Knopflöcher zieht. Achmad, der Jüngste von ihnen, war überzeugt, dass mir nichts fehlte. Er schaute sich spöttisch grinsend um und tat, was man ihm auftrug, betont langsam. Sie haben sich auf die Stühle um mich rum gesetzt und ihre Hälse gereckt, um näher bei mir zu sein. Ich bin schweigend in ihrer Mitte gesessen, da ich angenommen habe, dass jedes Wort aus meinem Mund mich verraten und die Runde um mich herum auflösen könnte. Aber ich habe schwer und hastig geatmet, während sie ganz ruhig waren. Es war wie kleine Anfälle, die mich plötzlich überkamen und sich wieder auflösten, wenn meine Atemzüge sich beruhigten und zu ihrem normalen Rhythmus zurückfanden. Ich bewegte meine Zunge im Mund, was ein trockenes Geräusch erzeugte. Jemand brachte mir ein Glas Wasser, weil sie glaubten, ich wäre zu schwach, um den Krug in meinen zitternden Händen zu halten. Der Älteste, der, der mich so angefahren hatte, führte es an meinen Mund. Er hielt es zwischen seinen ausgestreckten Fingerspitzen, als wollte er mir extra zeigen, wie klein das Glas und wie klar das Wasser war. Seine Hände waren gewandt und vorsichtig, mit Rücksicht auf meine Schwäche und meine Gebrechlichkeit. Er hat mir sogar mit eigener Hand eine

Birne geschält und sie in kleine Stücke zerschnitten, die er auf einen Teller legte. Sie schlüpften ihm durch die Finger, weshalb er den Versuch mehrfach wiederholte. All das, um nicht mit mir reden zu müssen. Ihre Mutter ist überhaupt nicht aus der Küche oder dem Zimmer nebenan gekommen. Sicher hat sie den Frauen, die zum Tratschen da waren, erzählt, ich würde mich über sie alle lustig machen, und sie würden mir glauben. Iss doch, Opa, iss, sagte der Älteste und schob den Teller mit der Birne noch näher, worauf ich ihm meine zitternden Finger gezeigt habe. Er hatte die Frucht in kleine Stücke zerteilt, in der Hoffnung, diese würden erst noch über mein Herz gehen, bevor sie in den Magen gelangten. Er führte seine Finger zu meinem Mund und fütterte mich mit dem ersten Stück. Während ich runterschluckte, hab ich eine Leidensmiene aufgesetzt, mich dann aber dennoch auf das zweite Stück gestürzt. Ja, bei den folgenden Stückchen hab ich meinen Kopf vorgeschoben und schon im voraus den Mund geöffnet, um ihm zu verstehen zu geben, dass mir die Birne schmeckt.

Als ich Anstalten traf aufzustehen, drängten sie mich sitzenzubleiben. Doch nach der Birne bin ich aufgestanden, um klarzustellen, dass ich mich nicht zu ihnen gehörig fühlte und in meine eigene Wohnung runtergehen müsste. Ausserdem hatten sie sich schon wieder ihren Gästen zugewendet. Für den Ältesten war es aber nicht schwierig, mich zum Bleiben zu überreden. Bleib doch noch sitzen, sagte er. Aber als ich dann wieder sass, unterhielt er sich mit den anderen. Oder er ging zu seiner Mutter, die ihm riet, er sollte mich gehen lassen. Ich habe mich an Achmad gewendet und ihn gefragt, wo die ganzen Gäste herkämen. Das wären

Nachbarn von seinem Bruder, erklärte er. Die beiden Frauen kleben mit dem Rücken an der Wand und schauen mich nicht mehr an, seitdem sie festgestellt haben, dass ich noch kräftig genug zum Essen bin. Sie betrachten irgendwelche Dinge in ihren Händen und führen sie zum Gesicht. Vielleicht Kleider, die sie flicken. Die, die zu mir hin steht, spricht immer, wenn jemand was zu ihr sagt, und dann lacht sie, als hätte sie ein einfaches Rätsel gelöst. Und die anderen lachen immer über sie, wenn sie was sagt oder lacht. Sie mögen das Land und kommen hierher aus Beirut. Wegen der reinen Luft, sagen sie, die wie frische Eier wäre. Sie atmen tief ein, wenn sie aus ihren Autos steigen. Dann bilden sich ihre Begleiter ein, sie würden in der Luft einen besonderen Geruch und einen speziellen Geschmack finden und wären in der Lage, verschiedene Arten davon zu unterscheiden. Der Ältere, der neben mir sitzt, sagt was zu der Frau, damit die anderen über ihre Worte lachen können. Sie macht mit, dann plötzlich schweigt sie und starrt, in Erwartung einer weiteren Frage, auf ihre Hände. Ich hab Achmad gefragt, ob sie Muslime wären, doch er hat nicht darauf geantwortet. Er war überzeugt, dass mir nichts fehlt und ich den Anfall nur simuliert habe. Ich habe mich mit ihm allein zu unterhalten begonnen. Bei ihm würde ich nicht riskieren, mich blosszustellen. Seine Augen begannen ängstlich zu leuchten. Er hat gespürt, dass ich ihn zum Komplizen machen wollte. Es wäre gut, wenn ich aufstehen könnte, mein Guter, hab ich ihm gesagt und zwei erfolglose Versuche unternommen, mich von meinem Stuhl zu erheben. Bleib doch sitzen, Opa, sagte der Älteste, stand aber auf, um meine Hand zu ergreifen. Ich bin dann eine ganze Weile stehengeblieben, bis der Schwindel aus meinem Kopf verschwand. Ihre Mutter ist immer noch nicht aus ihrer Küche gekommen. Ich hab einmal kräftig mit dem Stock auf den Boden geklopft und bin losgegangen, begleitet von Achmad, der mir im Abstand von einem Schritt folgte.

Sie konnten es nicht akzeptieren, dass ich eine Runde gewonnen hatte. Während ich mich noch die letzten Stufen runtertastete, prustete Achmad oben auf dem Balkon bei den anderen los.

Dem folgte ein langgezogenes, kräftiges Lachen, das er Stück für Stück zusammengesetzt hat, während ich bei ihnen sass. Ich habe mir überlegt, ob ich von unten zu ihm raufschreien sollte, doch ich bin weitergegangen. Es war wohl besser, alles auf sich beruhen zu lassen. Sie glaubten offenbar weniger an meinen Anfall, als ich dachte. Sie würden noch kurz warten und dann sein Lachen zum Quell allgemeiner Heiterkeit machen. Ich habe meinen Weg zu meinem Bett fortgesetzt, mit geschlossenen Augen und zusammengebissenen Kiefern, als müsste ich den Vorfall zermalmen, der in meinem Kopf die Form eines giftigen, bitteren Samenkorns angenommen hatte. Als ich dann auf meinem Bett lag, ist mir klar geworden, dass sie aus meinem Aufenthalt bei ihnen ein Spielchen machten, das sie mit verteilten Rollen aufführten. Achmad setzt sich auf den Stuhl, auf dem ich gesessen habe, und streckt seine geballte Hand nach vorn, um mich nachzumachen, wie ich meinen Stock vor mich stelle. Er dreht seinen Kopf zurück und starrt sie an, dann schiebt er ihn vor und rundet seine Lippen, um meine Schwierigkeiten mit den Birnenstücken nachzuäffen. Seine Mutter kommt aus der Küche, um mitzulachen, und sie vergessen fast gar die Frau, die sie sonst immer zum Lachen gebracht hat. Doch mitten im wilden Getümmel stellt sie sich hin, um meinen Anfall zu spielen. Sie wankt, wackelt mit dem Kopf nach allen Seiten, als wollte sie rasch einen wilden Tanz zuende bringen. Sie werden auch über sie lachen. Keiner wird aufstehen, um die anderen zum Schweigen zu bringen und ihnen zu sagen, ich wäre schliesslich ihr Grossvater. Sie scheuen vor nichts zurück, wenn sich ihnen die Gelegenheit für eine Riesengaudi bietet.

Ich werde ihrem Vater nichts sagen, wenn er kommt. Er würde doch nichts für mich unternehmen, und sie würden niemals auf einen Gewinn verzichten, den sie gegen mich verbucht haben. Sie werden dort weitermachen, wo ihre vorige Runde zuende gegangen ist. Sie werden nicht dort stehenbleiben. Wenn ihr ältester Sohn mich anfährt, heisst das, dass er mich freigibt und an seinen jüngeren Bruder weiterreicht. Sie machen mich in Monaten um Jahre älter und benehmen sich entsprechend. Sie gewinnen Runden gegen mich, sogar wenn ich allein in meinem Zimmer sitze oder auf meinem Bett liege. Sie können kaum erwarten, mich dahin zu bringen, was sie für die letzte Grenze halten, hinter der nichts mehr ist. Nicht eigentlich mein Tod ist es, was sie im Auge haben, sondern dass ich frei und leer dorthin gelange, nichts als ein Kadaver. Sie bestrafen mich dafür, dass ich nicht ihr Tempo beim Vorantreiben von meinem Alter einhalte. Sie machen mich in Monaten um Jahre älter, und glauben darum, dass ich nicht so rasch altere, wie ich sollte. Als würde ich mich dem Altern widersetzen, um sie reinzulegen oder um das einzuhalten, was ich meiner Schwiegertochter gesagt habe, dass der Todesengel Asraîl nichts gegen mich vermag. So sehen sie mich, auch wenn ich wortlos an den Kindern vorbeigehe, die das Haus mit Lärm und Geschrei füllen. Es ist nicht meine Stimme allein, was sie an meine Hartnäckigkeit erinnert und mein Zurückbleiben hinter meinem wirklichen Alter, sondern meine gesamte Haltung. Sie fragen sich, warum ich mein Haupt so hebe, wenn ich einen von ihnen anschaue, warum meine Beine so lang sind und warum meine Hand den Stock nach vorne hält. Sogar über den Anblick von meinen ausufernden Fussknochen sind sie verärgert; sie finden, diese wären Symptome von meiner Kraft, die eigentlich schon verschwunden sein müsste. Sie wollen mich gebrechlich, mager und kränklich, mit dünner, roter Haut, wie die von alten Weibern, an denen Krankheit und Schlaf ihre Spuren hinterlassen haben.

Ich werde es meinem Sohn nicht erzählen, wenn er kommt. Er würde ihnen sowieso nichts sagen. Sie werden ihn, gleich wenn er kommt, in ihren Kreis holen und ihn bei sich Platz nehmen lassen – wie einen Blinden, der die Grenzen seines Körpers nicht kennt. Er wird schweigend seine Zeit mit ihnen verbringen und sie dabei nacheinander anschauen, denn die Frau wird unablässig reden. Sie glaubt, sie müsste sich das Essen und die saubere Luft erreden. Und die anderen stehen um sie rum und stellen ihr Fragen, damit sie über ihre Antworten lachen können. Sie wenden ihr ihre Gesichter zu, die vom Waschen und Essen weiss und rund geworden sind. Wie der Mond, nennt das ihre Mutter, die ihre Wangen gern wie Fettwänste sieht. Er würde ihnen sowieso nichts sagen, sondern wird schweigend zum Tisch gehen, der sich unter dem Aufgetragenen biegt. Seine Frau wird ihm einen Teller zuschieben und ihm Iss! zurufen, aus einem Mund, der so voll ist, dass sie das Essen kaum runterkriegt. Sie beherrschen das Haus mit ihrem nicht enden wollenden Gerede. Mein Sohn sieht das alles, weil er sie durchschaut. Er isst wortlos weiter und kehrt, noch bevor sie fertig gegessen haben, auf seinen Sessel zurück. Er ist wie ich, wortkarg, und er weiss nicht recht, wie sich ausdrücken. Mein Vetter Hadsch Jûssuf, der nahm immer die Miene alter Männer an, wenn er was erzählte und viele Worte machte, um wenig zu sagen. Ich hab immer geglaubt, er würde sich bei Männern einschmeicheln, die er eigentlich tadeln wollte. Dann bin ich unruhig auf meinem Platz geworden und habe nicht gewusst, was tun. Einmal war ich drauf und dran, einen Bettler fortzujagen, dem mein Almosen nicht gepasst hat. Doch er hielt mich zurück und trug ihm ein paar Worte aus dem Koran vor. Mein Sohn steht vom Tisch auf, weil er nicht einmal weiss, wie er mit ihnen lachen soll. Er kann nicht mit der Frau mithalten, die beim Reden viele Haltungen einnimmt. Sie verändert ihre Miene, legt mit Leichtigkeit einen anderen Gesichtsausdruck auf und ahmt andere Stimmen nach, weil sie viel bei anderen Leuten zu Gast ist.

Ihre Gesichter sind weiss und rund, weil sie so viel essen und sich so viel waschen. Ich nehme mir das ganze Haus einzeln vor. Ich schelte ihre Kinder und rufe eines, wenn es unter meinem Fenster vorübergeht. Ich beschwere mich bei ihrem Vater über ihre Mutter und ich mache alle möglichen Geräusche auf meiner Terrasse, damit sie mich sehen und sich aufs neue um mich sorgen. Ich nehme mir das ganze Haus einzeln vor, um meinen Unwillen zu beleben und mich ihnen in Erinnerung zu rufen. Ich fordere ihren Sohn Achmad auf, er soll sich von meinem Fenster entfernen. Dann geht er zu ihnen hinauf und erzählt ihnen, er hat mich von seinem Fenster weggeschickt. Jawohl, sie sollen sich nicht daran gewöhnen, ihr Leben so zu führen, als gäbe es mich hier unten nicht. Ich schelte ihre Kinder, damit sie es da oben hören und sich wegen mir in die Haare kriegen. Ihre Mutter wird sagen, sie würde in diesem Haus erst ruhig leben können, wenn ich tot bin. Dann gehen sie auf den Balkon hinaus und stehen in langer Reihe und schauen mich an. Ich lasse wieder meinen Ärger spüren, denn wenn ich nur zwei Tage schweige und mich zurückziehe, hat sich mein Sohn schon daran gewöhnt, sich keine Sorgen mehr um mich zu machen. Zwei Tage, höchstens drei, danach fällt es mir schwer, an meinen Absichten festzuhalten. Auch ich würde mich daran gewöhnen, mir keine Sorgen mehr um mich zu machen. Ich würde im Bett bleiben, und mein Sohn Kâssim wird mir das Essen bringen, aber ich werde lieber schlafen. Ich nehme mir das ganze Haus einzeln vor, den Balkon, die Treppen und die Kinder, die das Haus vor meinen Augen füllen. Kein Gefallen an dem Essen, mit dem sie den Tisch vollstellen. Auch nicht an ihren Kindern mit den runden weissen Gesichtern, den Abbildern ihrer Mutter. Ein Aussehen, an dem sie alle teilhaben, als wäre es ihr Merkmal, das sie von anderen unterscheidet. Ein Aussehen, das sie beherrscht und sie entsprechend handeln lässt. Sie werden es nie leid, miteinander zu reden, als wären sie alle Buben, die ein Geheimnis teilen. Buben, kleine Jungen, aber mit erwachsenen Körpern, zwischen denen eine verdächtige Zuneigung besteht, weil die Brüder sich nicht in einem Alter getrennt haben, als sie das hätten tun müssen. Die Bleichheit in ihren Körpern verbindet sie. Ihre Mutter nennt das

Sauberkeit und zeigt keine Abneigung gegenüber dem Schmutz, der tief in dieser Bleichheit sitzt. Ihr Ältester hat mir ein Stück Birne zum Mund geführt, mit seinen Fingern, die völlig ausgewaschen und krätzig aussahen. Ich habe meinen Mund näher geschoben, um das Stück aufzuschnappen. Wie ein Vogel, der ein Korn aufpickt, das eine Schlinge umgibt. Sie nennen es Sauberkeit, wenn die Handflächen frisch und feucht sind. Aber um eine Hand zu säubern, muss man sie erst verunreinigen, und man muss trockene, harte Dinge anfassen. Man muss sie mit Erde reinigen und nicht mit einer Birne, die sie nur glitschig und schmutzig macht.

Ich habe so getan, als hätte ich Achmads Lachen ebensowenig gehört wie das darauf folgende Getümmel. Ich hab auch ihrem Vater nichts gesagt, als er kam und den Teller mit dem Essen vor mich hinstellte. Er machte einen erschöpften Eindruck. Sein grosser, hagerer Körper war gebeugt von all der Arbeit, die er bis spät getan hatte. Es wäre zu spät zum Essen, erklärte ich ihm. Ob er mir einen Tee machen sollte, fragte er. Ich bin in mein hohes Bett geklettert, während er vor mir, mitten im Zimmer, stehen geblieben ist. Ich habe gewusst, er würde Mitleid mit mir haben. Er glaubt, ich zöge mich ins Bett zurück, weil ich erschöpft, nicht weil ich einfach müde bin. Als er näher trat, um mich zuzudecken, hab ich ihm gesagt, er sollte sich ein wenig setzen. Die da oben würden ja aufbleiben, keine Angst. Er hat sich nicht gesetzt. Die kurzen Besuche bei mir sind ihm zur Gewohnheit geworden, und er macht sie jedesmal noch kürzer. Nicht, weil er sich so sehr danach sehnt, zu ihnen raufzugehen. Wenn er rausgeht, ist er immer ein wenig nachdenklich, als würde er sich fragen, was es da oben wohl gäbe. Dennoch setzt er sich nicht. Wir reden inzwischen immer weniger miteinander. Ich wüsste ja nicht einmal, was sagen, wenn er sich setzen sollte. Wenn ich ihn nach seiner Arbeit frage, begnügt er sich mit einem Nicht schlecht, Gott sei Dank, und glaubt, ich würde sowieso nicht verstehen, was er sagt. Auch mit denen da oben spricht er nicht darüber. Er isst, steht auf und geht zu dem Stuhl ganz hinten auf dem Balkon. Mit ihnen spricht er nicht, und mir gelingt es auch nicht, ihn zu mir rüberzuziehen. Wie sollte ich mit ihm ein Gespräch anfangen wie zwischen zwei frischen Bekannten? Die da oben sind abends mit anderem beschäftigt als mit ihm, und er weiss nicht so recht, was er mit sich anfangen soll. Setz dich doch, mein Junge, sag ich ihm und weiss, dass wir wortlos beieinander sitzen würden. Ich würde mir immer mehr wünschen, dass er geht, damit das peinliche, ständig schwerer lastende Schweigen zwischen uns ein Ende hat. Nach kurzer Zeit würde er sich erheben und sich vor mich stellen, drauf und dran, mir zu sagen, na bitte, jetzt hab ich mich gesetzt, und nichts ist passiert. Wenn er dann auf dem Weg zur Türe ist, finde ich wieder Worte und bitte ihn, den Teller mit dem Essen zu nehmen und seinen Bruder aufzufordern, bei mir vorbeizuschauen. Auch die Tür sollte er offen lassen und aufpassen, wenn er jetzt im Dunkeln die Treppe raufsteigt. Ich schicke ihm einen ganzen Wortschwall hinterher, um ihn das Schweigen zwischen uns vergessen zu lassen oder um ihm zu verstehen zu geben, das nächste Mal könnten wir über so vieles reden.

Ich kann mit ihm keine neue Beziehung aufnehmen, solange es zwischen uns nicht zu einem Gespräch kommt. Was macht deine Gesundheit? fragt er mich, und ich brummle ein paar Worte, wie sie Leute eben äussern, die man nach ihrer Gesundheit fragt. Er macht es nicht besser, wenn ich ihn nach seiner Arbeit frage. Er spricht nicht gern über das, worüber seine Familie tagelang tratscht. Er ist wortkarg, wie ich. Aber er versteht nicht, dass Sohn und Vater einfach so zusammensitzen könnten, ohne sich zu unterhalten. Schon in den wenigen Minuten, die er bei mir verbringt, weckt er in mir den Wunsch, wieder allein zu sein. Seine Verlegenheit quält mich. Ich kann mich nicht mehr der Entspannung überlassen, die mich durchströmt und mich fast einschlafen lässt. Ich bin auf dem Bett, und er sitzt auf dem Sofa daneben, und jeder schaut irgendwohin. Er denkt vielleicht an seine Arbeit, ist aber mit seinen Händen beschäftigt. Er ballt und öffnet sie wie ein Baby im Beisein von seinem Vater. So verbringen wir lange Zeit schweigend. Keiner von uns spricht von etwas anderem als dem, woran er gerade denkt. Er fragt mich beispielsweise, wem das Land von Arîd gehört, weil er gerade daran denkt, während er seine Hände dreht und wendet. Ich nehme es ihm auch nicht übel, dass er mir nicht zuhört, wenn ich ihm antworte. Auch ich zögere und antworte nur langsam, weil ich weiss, dass er das nur einfach so gefragt hat, ohne eine bestimmte Absicht. Als ob ihm das ganz von alleine hochgekommen wäre, ohne seinen entspannten Gedankenflug zu unterbrechen.

Wir sitzen ganz nahe beieinander, ohne das Bedürfnis zu sprechen. Aber er versteht unser wortloses Beisammensitzen nicht, weil er meint, dass Menschen immer mit einer bestimmten Absicht zusammenkommen und sich trennen, wenn diese erreicht ist. Er stellt den Teller mit dem Essen vor mich hin, ordnet meine Sachen und erkundigt sich nach meiner Gesundheit. Dann schickt er sich an zu gehen. Er erledigt alles in kurzer Zeit, als wäre er ein Dienstbote, der auf seinem Rundgang durch die verschiedenen Abteilungen auch in mein Zimmer gekommen ist.

Er glaubt, unser Schweigen wäre Unfähigkeit zu reden, und deshalb müssten wir uns trennen, wenn wir uns nichts mehr zu sagen haben. Und ich kann ihm nicht erklären, dass wir nicht miteinander reden, weil es nicht nötig ist. Ich kann ihm auch nicht erklären, wie glücklich ich bin, wenn wir schweigend zusammensitzen. Das würde uns beide beschämen, und mir wäre es ausserdem peinlich, weil ich etwas Unpassendes gesagt hätte. Ich bräuchte danach ein noch intensiveres Schweigen, um uns meine Worte vergessen zu lassen. Die Zuneigung zwischen Vätern und ihren erwachsenen Söhnen gehört zu den Dingen, über die man am besten nicht spricht. Es wäre wirklich völlig unangebracht, wenn ich ihm sagen würde, ich habe mich nach dir gesehnt, mein Junge. Das würde uns in eine solche Verlegenheit stürzen, dass wir nicht wüssten, wie wir uns daraus befreien sollen. Er würde völlig überrascht dastehen und sich angstvoll umsehen, als ob ich ein Geheimnis enthüllt hätte, das wir, wie er geglaubt hat, verborgen halten wollten. Also sag ich zu ihm, wenn er reinkommt: Warum lasst ihr mich so allein? Das müsste als Tadel, als Verweis erscheinen, damit jeder von uns seine Rolle weiterspielen kann. Er stellt den Teller mit dem Essen auf den kleinen Tisch und fängt an, meine Sachen aufzuräumen und mein Zimmer zu reinigen. Ich stehe vom Bett auf, schweigend und schwerfällig, weil man mir gesagt hat, es wäre an der Zeit für mich zu essen.

Ich hab ihm nichts von Achmads Gelächter erzählt und auch nichts von dem darauf folgenden Getümmel. Wenn ich es täte, würde er ihnen doch nichts sagen, weil er meint, das würde ihn in einen Streit verwickeln, dem er sich mittendrin schweigend und besiegt entziehen müsste. Nicht wegen ihren Argumenten, sondern weil sie so viele sind und alle zusammen auf ihn einreden. Seine Frau würde auf Vorgänge zu sprechen kommen, bei denen ich es war, der Stimme und Hand erhoben hat. Achmad wird erzählen, mir würde überhaupt nichts fehlen, ich hätte nur Theater gespielt, um ihnen Angst einzujagen. Sein ältester Sohn wird sich ausgiebig auslassen über mein Problem und mein Alter und wird erklären, ich würde das alles nur aus Einsamkeit und Langeweile machen. Wenn er dann ergeben schweigt, werden sie sich ihre Rollen zuteilen und ihre Ansichten über mich austauschen, ganz nach Belieben und je nach Verlauf der Unterhaltung. Eine kurze Zeit einigen sie sich darauf, dass ich einsam bin und mich langweile. Danach wird ihre Mutter sie daran erinnern, wie tyrannisch und hartherzig ich bin, und sie werden ihre Meinung ändern. Schliesslich werden sie Mitleid mit mir haben, um meinem Sohn einen Gefallen zu tun, der sich auf einem Stuhl weit weg in sich verkrochen hat, den Kopf auf beide Hände gestützt. Sie werden sich erst beruhigen können, wenn ihre Besucherin das Gespräch auf ein anderes Thema bringt. Sie nimmt den Faden auf und biegt dann ab, als würde sie eine Eselin am Halfter wegziehen. Sie weiss, dass sie niemals von selber innehalten würden. Sie wollen nicht schweigen, sondern ein Gespräch über etwas anderes, das sie das Vorhergehende vergessen lässt. Sogar ich werde es bei ihnen so machen, als hätte ich weder Achmads schrilles Gelächter noch den anschliessenden Tumult gehört.

Vielleicht gehe ich ja morgen rauf in ihre Wohnung, um bei der Szene mit der Birne weiterzumachen. Ich könnte sie aufsuchen und mich auf den gleichen Stuhl setzen. Nicht nur, um selber zu vergessen, was ich gehört habe, sondern auch, um sie das vergessen zu lassen. Ich wähle mir von den Gesichtern, die sie von mir im Kopf haben, das, was mir zusagt, und verbringe mit ihnen den Abend zum Beispiel mit meinem Langeweile- und Einsamkeitsgesicht. Ich lasse meinen Blick nicht in die Ferne schweifen, sondern halte ihn nahe bei mir. Als wollte ich meinen Raum begrenzen, unterhalte ich mich nur mit denen, die sich neben mich setzen. Ein paar Worte, zwei oder drei, danach verfalle ich wieder in mein Schweigen. Ich bleibe auch nicht lange so sitzen, und bald darauf können sie anfangen, ihre Lügengeschichten über mich zu weben.

Der Älteste von ihnen hat mich an seinen Bruder freigegeben, an den, dem ich hundert Lira geschenkt habe, damit er sich ohne Widerrede die Haare schneiden lässt. Ich hätte mein Leben gelebt und dazu noch das von einem anderen, hat er mir erklärt, und nun müsste ich endlich sterben. Sie sind alle in langer Reihe auf dem Balkon gestanden. Die Kinder hatten sich am anderen Ende vom Haus versammelt, dicht neben den Beeten. Ich habe geschwiegen, weil ich wusste, dass ich nach dem simulierten Anfall von gestern nichts mehr tun könnte. Ich wäre nicht imstande, ihn daran zu erinnern, wie wir gemeinsam in der Wohnung waren und ich ihm mit eigener Hand was gekocht habe. Er würde nie auf mein Schweigen reagieren, indem er auch schweigt, während sie alle auf dem Balkon stehen. Er wird mir weiter hinterherschreien, weil er jetzt, nach seinem Bruder, selber dran ist. Er musste seinem Bruder Achmad ein Vorbild sein, bereit, unter meinem Fenster die nächste Runde Karten zu spielen und dabei mit der Hand auf den Holztisch zu klopfen.

9

Als mich mein Enkel fragte, warum ich mich nicht rasiere, hab ich angefangen zu weinen. Nicht damit er verstand, dass mich keiner nach Nabatîja brachte, sondern um meinen Ärger über meine beiden Söhne zu zeigen, die, sobald sie zu mir reinkamen, anfingen, an mir rumzunörgeln. Ich bin auf dem Bettrand gesessen und habe meine Finger über das Laken gleiten lassen, als wollte ich es in Ordnung bringen und glattstreichen. Sie sträuben sich gegen alles, wenn sie hier sind. Die Ärzte hätten auch noch andere Patienten als mich, meinte Abu Fâjis, als ich sie bat, mir einen Doktor zu holen. Als ich mir die Hand aufs Herz legte und über Schmerzen klagte, fragte er mich, ob ich denn erwarten würde, dass mir mit meinen hundert Jahren nichts fehlt. Als ich dann schliesslich meine Hände hob, damit sie mir beim Aufstehen helfen sollten, waren sie überhaupt nicht zuvorkommend, sondern fassten mich an, als wäre ich ein Fremder. Wo ich denn hin wollte, fragten sie, und ich wies mit dem Kopf in Richtung Terrasse. Worauf Abu Fâjis seinem Bruder mit grimmiger Miene erklärte, er will auf die Terrasse pinkeln gehen.

Sie schienen nur gekommen, mich fertigzumachen, nicht, mir eine Freude zu bereiten.

Mein Enkel verkroch sich in den hintersten Winkel im Zimmer, während meine beiden Söhne stehenblieben, wo sie waren. Meine Tränen kamen unwillkürlich, ohne dass ich etwas dazutat. Es war wie das Weinen eines Mannes, der ganz für sich allein weint. Meine Hände haben sich nicht vom Bettlaken gehoben, mein Kopf hat sich nicht bewegt. Ich habe nur auf den Boden gestarrt. Sie blieben stehen, wo sie waren, während mein Enkel sich in den hintersten Winkel im Zimmer zurückzog, um sich aus der peinlichen Situation zu retten, in die ich sie gebracht hatte. Sie wussten nicht, was sie tun sollten. Es war, als hätte ich ihnen durch meine Tränen gezeigt, dass ich genau verstanden hatte, was er meinte, und die Grobheit spürte. Ihnen wurde klar, dass ich im Vollbesitz meiner geistigen Kräfte war und sie jetzt zeigte. Ich war mit meiner Geduld am Ende und nicht imstande, die Rollen weiterzuspielen, die sie mir zugedacht hatten.

Es waren echte Tränen. Solche, denen man kein Wort hinzufügt, sondern die einen überwältigen und die man zu stoppen versucht. Sie haben nichts unternommen. Sie sind keinen Schritt vorgetreten und keinen zurückgewichen. Ich habe gemerkt, dass sie besorgt sind, weil ich ganz in mich zurückgezogen war und sie vergessen hatte. Sie machten den Eindruck, als hätten sie in mir meinen Engel gesehen, der ihnen für ihr Verhalten eine Strafe androhte. Mit einer Hand auf den Bettrand gestützt, bin ich allein aufgestanden. Mit der anderen hab ich begonnen, das Laken glattzustreichen, als ob ich schlafen gehen wollte. Ich habe mich hingelegt und mit dem Gesicht zur Wand gedreht. So war offensichtlich, dass ich sie rauswerfen wollte. Sie haben meinen Enkel, der noch immer im hintersten Winkel im Zimmer hockte, gefragt, warum er mich gerade jetzt an meinen Bart hätte erinnern müssen. Es war Abu Fâjis, der flüsterte. Es tönte, als würde er zwischen seinen zusammengepressten Lippen und seinen knirschenden Zähnen ausspucken. Er wollte seine Angst zerstreuen. Alles sollte wie zuvor sein, als mein Weinen wie die Quengelei eines schwachsinnigen, boshaften alten Mannes erschien. Seine Schelte für den Neffen wirkte unmittelbar auf mich. Ich habe gespürt, dass die Rollen, die wir gespielt hatten, zerfielen. Ich habe die Kraft verloren, die ich durch mein Weinen und meinen Rückzug auf mich selbst gewonnen hatte.

Während sie wegschlichen, hab ich sie gebeten, Sajjid Mahdi aus seinem Dorf zu holen. Sie sind bei der Tür stehengeblieben und haben mich angeschaut, als hätten sie in meinem Gesicht ein bekanntes Zeichen erblickt. Ich hatte beschlossen, mir diese Bitte für eine ganz schlimme Zeit aufzusparen, weil sie auf alle meine Bitten nur ein einziges Mal reagieren. Der Arzt, der mich rasch untersuchte und mit mir wie mit einem kleinen Kind übers Essen und Schlafen sprach, ist nur ein einziges Mal gekommen. Einmal haben sie geglaubt, dass ich einen Anfall hätte, und haben mich in ihre Wohnung raufgebracht und mich dort den Abend verbringen lassen. Ein anderes Mal haben meine Tränen sie verunsichert und ratlos gemacht. Wenn ich nun nochmals weine, werden sie sagen, dass ich die Rolle gern habe, die ich so gut beherrsche, und dass ich sie jedesmal spiele, wenn ich was will. Alles nützt nur einmal. Ich sage zu Kâssim, setz dich, mein Junge, obwohl ich weiss, er wird es nicht tun, weil meine Worte nicht mehr so wirksam sind wie beim ersten Mal. Ich sag es immer wieder. Beim zweiten Mal ist es schon nur noch wie ein Echo. Ich will den Doktor, sage ich zu Abu Fâjis, doch der antwortet, der Doktor hätte auch noch anderes zu tun, als sich um mich zu kümmern. Sie hören mir nicht zu, selbst wenn ich ihnen genau die Stelle zeige, wo es wehtut. Sie glauben, dass der Schmerz bei mir immer der gleiche ist. Sie möchten, dass ich meine Schmerzen originell vorzeige, damit sie mir glauben, und dass ich besondere Wege beschreite, sie von der Notwendigkeit für einen Arztbesuch zu überzeugen. Wahrscheinlich muss ich spezielle Mittel erfinden und Melodien komponieren, um zu sagen, was ich sagen will. Und das müsste echt wirken, damit sie ihre Überzeugung aufgeben, dass ich doch nur simuliere und ein Geschrei mache. Ich habe sie gebeten, Sajjid Mahdi zu holen, und ich weiss, sie werden es tun. Nicht nur, weil ich sie zum erstenmal darum gebeten habe, sondern weil ich mich durch diese Bitte dem Tod füge und ihn akzeptiere. Sie haben mich angeschaut, um das Zeichen zu finden, das sie zu kennen glauben. Ich bin unverändert geblieben, denn jemand, der seinem Tod entgegensieht, darf nicht mit schwacher Stimme reden oder seine Haltung verändern. Ich hab es gesagt, als wollte ich mich an ihnen rächen, indem ich mich selbst dem Tod entgegenstiess. Sie sind zu mir getreten, und Abu Fâjis wollte wissen, was ich spüre. Ich hab ihm erklärt, die Seele würde sich lösen und aufsteigen. Wie das? Da hab ich auf mein Herz gedeutet und durch den Mund ausgeatmet, als wollte ich die Luft und den Rauch ausstossen, die meine Seele umgaben und ihren Weg blockierten.

Sie sind zusammen rausgegangen und haben mich meinem Enkel überlassen, der ihnen bald folgen sollte. Er verlässt seinen Platz ganz hinten im Zimmer, kommt näher und fragt, ob ich was bräuchte. Dann erklärt er, er würde mal rausgehen, aber bald wiederkommen. Allein im Zimmer, warte ich auf Sajjid Mahdi. Mit ihm würde ich aber weder reden, noch allein sein dürfen. Er wird mich auch nicht fragen müssen, wo ich Schmerzen hätte. Sie können ihm ja meinen Zustand schon auf der Fahrt im Auto schildern. Er wird meinen, dass das Leben, das ich schon hinter mich gebracht habe, uns weit voneinander trennt. Sie werden ihm alles erzählen, noch bevor sie an meiner Tür angelangt sind. Er wird ihnen zustimmen, nicht weil sie Freunde sind und nicht weil sie früher schon viel miteinander gesprochen haben, sondern weil er sich neben ihnen auf der gleichen Seite des Lebens befindet. Sie sind eins in ihrem Unterschied zu mir. Und Sajjid Mahdi wird sich entschliessen, im Alter näher bei ihnen zu sein. Diese Entscheidung wird ihn nicht lange quälen. Er wird sogar sagen, was sie hören wollen, und wird ihnen zustimmen, wie eben die Älteren den Jüngeren zustimmen.

Er hat nichts davon getan. Er ging so rasch vor ihnen her über den Hof, mit seinem Turban und seinem flatternden Umhang, dass sie nicht wussten, wie sie mit ihm Schritt halten sollten, verstört durch seine Hast und seine Haltung. Als sie versuchten, hinter ihm einzutreten, hat er sie gebeten, draussen zu warten. Ich wollte mich vom Bett erheben, doch er hiess mich mit zwei Handbewegungen, liegenzubleiben. Ich begrüsste ihn, während er näher trat und gleichzeitig nach einem Stuhl suchte. Er fand schliesslich einen weit hinten im Zimmer, ergriff ihn und erwiderte meinen Gruss. Er zog den Stuhl ganz dicht ans Bett heran und setzte sich, wobei er nochmals eine Begrüssung sprach, als ob es sich um eine zweite Ankunft handelte.

Das wäre das erbärmlichste Alter, hab ich ihm gesagt und ein Gesicht gemacht, als ob ich weinte, damit er nicht aus meinen Worten den Schluss ziehen sollte, ich hätte ins Bett gepinkelt. Er sprach ein oder zwei Koranverse und schloss sie mit „Gott ist mit den Geduldigen". Dann vertiefte er sich in den Anblick seiner Gebetskette und wartete darauf, dass ich ausgeweint hätte. Ich hab ihn gefragt, ob sein Vater während seinen letzten Tagen geweint hätte. Er sprach nochmals einen Koranvers, ohne den Blick von der Gebetskette zu wenden. Dann hat er schweigend, den Kopf gesenkt, darauf gewartet, dass ich ihm erzählen würde, warum ich ihn holen liess. Sie behandeln mich schlecht, erklärte ich ihm, ohne zu klagen. Er hat zu mir aufgeschaut, ein wenig nachgedacht und dann gefragt, ob sie mich allein lassen würden, wenn ich krank wäre. Sie erlauben es ihren Kindern, die Stimme gegen mich zu erheben und mich respektlos zu behandeln. Ich habe nochmals Anstalten getroffen zu weinen, als ich sah, dass sich seine Augen fragend weiteten, als würde er auf Geschichten von Handgreiflichkeiten gegen mich warten.

„Und beim Essen", fragte er, „sind sie da knausrig?"

„Es ist nicht das gleiche, was sie essen. Ein einziger Teller, Sajjid Mahdi. Wie das Futter für Hunde und Katzen. Dann stehen sie daneben, bis ich aufgegessen hab und sie den Teller wieder mitnehmen können."

„Aber ist es genug?"

„Es ist nicht essbar, Sajjid Mahdi. Es ist kalt und ohne Sauce."

„Bringen sie es pünktlich?"

„Ja, pünktlich schon, manchmal sogar zu früh. Das Mittagessen, wenn es noch nicht Mittag ist, um es möglichst bald hinter sich zu bringen. Sagen Sie mir, Sajjid Mahdi, hat Ihr Vater viel vom Tod gewusst, als er im Todeskampf lag?"

Er betrachtete wieder die Gebetskette in seinen Händen. Ein weiteres Mal entfernte er sich, weil er glaubte, meine Fragerei würde allein aus meiner Angst stammen. Er neigte den Kopf und liess die Schultern nach vorne sinken, wie jemand, der unfähig ist, einen anderen zu trösten. Ich habe keine Antwort erwartet. Ich wusste ja, dass die Leute aufhören, über diese Dinge zu reden, wenn sie ihre Kindheit hinter sich gelassen haben.

„Was soll ich nur mit ihnen machen, Sajjid Mahdi? Kann ich überhaupt etwas machen?"

Nochmals schaute er mich fragend an. „Beabsichtigen Sie nicht, ihnen zu vergeben?"

Ich habe nichts erwidert. Ich habe mir vorgestellt, wie er, wenn er mich verlassen hätte, ihnen draussen meinen Fluch übermitteln würde.

Er wiederholte seine Frage: „Beabsichtigen Sie nicht, ihnen zu vergeben?"

Diesmal neigte ich den Kopf und schaute vor mich hin. Er wollte, wenn er rausgehen würde, etwas mitnehmen, was er ihnen sagen, ihnen übermitteln könnte. Und ich war noch nicht sicher, dass mein Ende gekommen war.

„Vergeben Sie ihnen also?"

Auch diesmal hab ich nichts erwidert. Ich schwieg mit gesenktem Kopf. Dann hab ich ihn freundlich angeschaut, um ihn an Gespräche zu erinnern, die wir früher miteinander geführt haben.

„Ich will, dass sie mir gehorchen."

Er warf mir einen spöttischen Blick zu und schien drauf und dran, mich zu fragen, ob ich noch immer an meine Zukunft dächte.

„Ich meine nicht, dass sie leben sollen, wie ich es mir vorstelle, aber dass sie mir gehorchen, wenn es mich betrifft."

Meine Worte haben ihm missfallen. Er begann zu glauben, ich hätte nur nach ihm geschickt, um mich bei ihm über sie zu beschweren.

„Wo sitzt Ihre Krankheit?" fragte er, als wollte er sich vergewissern, dass ich tatsächlich krank war.

„In meinem Herzen, ausserdem in meinem vorgerückten Alter." Ich habe mit der Hand auf die ganze Strecke zwischen meinen Füssen und meinem Kopf gezeigt, um ihm deutlich zu machen, dass meine Krankheit meinen ganzen Körper umfasst, und dass es mir überall wehtut.

„In diesem Körper war eine Kraft, aber sie haben sie getötet. Sie haben meinen Körper getötet, Sajjid Mahdi, durch Vernachlässigung, Gleichgültigkeit und Erniedrigung. Sie haben mich gezwungen, zu den Erniedrigungen zu schweigen und im Bett zu bleiben, selbst wenn ich hellwach war. Ich sollte mich schämen, weil mein Körper für mein Alter zu kräftig war. So hab ich, zusammen mit ihnen, meinen Körper getötet, indem ich rumsass, schlief und auf den Tod wartete. Sie haben mich aus meiner Backstube und von meinem Land geworfen und haben mit ihren Kindern mein Haus besetzt. Sie stossen mich in den Schwachsinn und scheinen Gefallen daran zu finden, mich reinfallen zu sehen. Sie können es kaum erwarten, mich hundertjährig zu sehen, weil sie glauben, dass niemand älter wird. Sie haben meine Lust blockiert, Sajjid Mahdi, sie haben sie mit einem Schlag erledigt, wie eine Schlange, die in ihr Haus geschlichen ist."

Ich habe mich nicht um meine Lautstärke geschert. Meine Stimme drang bis zu ihnen auf die Terrasse hinaus. Sie haben mich gehört. Sie haben sogar die Tür aufgemacht, damit wir rascher ein Ende finden würden. Als Sajjid Mahdi sie verärgert anfuhr, wir wären noch nicht fertig, verzogen sie sich und schlossen die Tür.

„Soll ich ihnen etwas ausrichten?" fragte er, um mir zu verstehen zu geben, dass er unser Gespräch beenden wollte.

„Aber wir haben doch noch über gar nichts gesprochen", erwiderte ich.

„Worüber sollten wir denn sprechen?"

„Über mein Testament."

„Also äussern Sie sich, bitte sehr!"

Er liess mich wieder in Stillschweigen verfallen. Er wollte, dass ich was sage, was er mitteilen und weitergeben könnte. Und ich hatte vergessen, bei wem sich gerade die zehntausend Lira befanden, die ich ihnen abwechselnd überliess.

„Stehen Sie in jemandes Schuld?"

„Nein. Nur die Schwester von Hadscha Chadîdscha, meiner Frau, hat mir nie verziehen."

„Und Sie, haben Sie ihr verziehen, dass sie Ihnen nicht verziehen hat?"

„Ich habe das Zimmer im Zorn verlassen, nachdem ich sie zweimal vergeblich gebeten hatte. Ich habe mir nicht klargemacht, dass sie es begriff, wenn ich sie schalt und anfuhr. Sie war gehorsam und hat nie was gesagt, wenn ich sie ein wenig geschubst habe."

„Und sonst?"

„Ich habe niemand gefragt, nicht einmal meine Frau."

„Ich meine, stehen Sie sonst noch in jemandes Schuld? Ich meine mit Geld."

„Sie haben mir ja schon alles weggenommen. Ich habe sie schon zu Lebzeiten erben lassen, Sajjid Mahdi."

„Und das Haus?"

„Das gehört auch ihnen. Ich wohne bei ihnen, in ihrem Haus."

„Was wollen Sie dann in Ihrem Testament festlegen?"

Als ich ihn holen liess, hab ich nicht gewusst, dass ich ihm nichts zu sagen hätte. „Nichts, Sajjid Mahdi, nichts."

„Sie haben nichts zu sagen vergessen?"

„Nein, nichts."

Er stand auf, strich seinen Umhang über den Schultern glatt, sprach einen Koranvers, mit dem er mich zur Geduld aufrief, und ging zur Tür, die meine beiden Söhne schon öffneten, bevor er sie erreicht hatte. Kurz vor der Schwelle hat er sich noch einmal umgedreht und mich gefragt, wo ich begraben werden wollte.

„Auf dem Friedhof, Sajjid Mahdi, auf dem Friedhof."

10

Es waren viele im Haus von Muhammad Habîb. Ein paar hab ich gekannt, andere nicht. Sie füllen das Zimmer, in dem auf dem Boden Sitzkissen, Sofas und Stühle aufgereiht stehen. Einige stammen aus meiner Wohnung. Von der Lampe, die draussen hängt, dringt Licht ins Zimmer. Muhammads Gesicht wechselt zwischen jung und alt, und wenn er es neigt, scheint er mir plötzlich um zwanzig oder dreissig Jahre jünger. Nicht dass er aussieht wie damals, sondern wie jetzt, aber straff und irgendwie künstlich rosig. Wenn er sich von mir wegdreht, nimmt er wieder sein normales Aussehen an. Ich vergesse, ihn zu fragen, warum man die Lampe nicht reinholt. Im Zimmer wird es dunkel, als Muhammad Habîb sich ganz nach hinten begibt. Ich treffe Anstalten, mich zu erheben, um die am Baum aufgehängte Lampe reinzuholen, aber ich bin zu schwer und habe nicht genügend Kraft hochzukommen. Sie verbringen den Abend in dem Zimmer, in dem es muffig riecht. Unter denen, die ich kenne, sind auch alte Männer, die, wie ich erst jetzt erfahre, mit Muhammad Habîb verwandt sind.

Schwer und wie festgenagelt an meinem Platz, sitze ich da, nicht mal imstande, meine Hand zu heben, um Muhammad Habîb ranzuwinken. Doch er begreift, was ich will, und wendet sich ganz spontan mir zu. Sein Gesicht wird noch rosiger und noch künstlicher. Er grüsst mich, indem er seine Hand mehrmals zwischen Kopf und Bauch hin und her führt, als wollte er sich selbst nachmachen. Ich glaube, er fordert mich auf, mich über ihn lustig zu machen, aber seine starren Augen und sein künstliches Gesicht jagen mir Angst ein. Ich schenke ihm ein ausgiebiges Lächeln, das mein Gesicht ebenfalls erstarren lässt.

Gesichter, die ich kenne, andere, die mir unbekannt sind. Dennoch fühle ich mich allein unter ihnen. Mir scheint, dass sie sich schon allabendlich zusammengefunden haben, bevor ich mich ihnen anschloss. Sie haben Männer geschickt, die an meine Tür gepocht haben, bis ich aufgestanden bin. Sie haben mich in Muhammad Habîbs Haus geschleppt und sind dann gegangen, um noch andere zu holen. Man raucht in dem Zimmer, und ich weiss nicht, wie meine Stühle dorthin gekommen sind. Und während sie rauchen, unterhalten sie sich.

Muhammad Habîb ist verschwunden, und ich fühle mich noch einsamer unter ihnen. Als er mit einem Teetablett zurückkommt, bin ich erleichtert und beginne eine Unterhaltung mit einem Mann, der neben mir sitzt. Muhammad Habîb neigt sich und hält mir das Tablett hin, zwei oder drei Mal, damit ich über ihn lachen sollte. Aber sein Gesicht, das mir ganz nahe kommt, macht mir wieder Angst. Er scheint mir zu drohen, weil ich über ihn spottete. Noch bevor ich ein Glas nehmen kann, entfernt er sich mit dem Tablett. Ich hätte nicht mit ihnen gehen sollen. Aber ihre Stimmen wurden lauter und lauter und immer schneller, und ich wusste, sie würden zurückkommen, wenn ich ihnen die Tür vor der Nase zuschlagen würde. Ich bin mit ihnen rausgegangen, sogar ohne meine Latschen anzuziehen. Den ganzen Abend war ich der einzige mit nackten Füssen. Muhammad Habîb dagegen trug ein faltenreiches Gewand, neu und sauber geplättet.

Dann kam es mir so vor, als wäre ich aufgestanden und rausgegangen, um auf der Terrasse zu pinkeln. Noch während ich vom Bett runterstieg, hab ich geglaubt, ich würde mich zu ihrem Örtchen begeben, bei dem Baum, an dem die Lampe aufgehängt war. Ich bin ohne Mühe zum Topf gelangt und habe reingepinkelt. Ich hatte keine Angst, war aber doch etwas beunruhigt durch Muhammad Habîbs Blick, der immer drohender wurde, je näher er kam. Ich hab in aller Eile gepinkelt, ohne dass auch nur ein einziger Tropfen daneben oder auf meine Kleider gefallen wäre. Danach hab ich den Topfinhalt ganz plötzlich in den Vorgarten geschüttet, bevor mich jemand sehen konnte. Ich habe den Topf wieder an seinen Platz gestellt und bin rasch zurück ins Bett gegangen, aus Furcht, sie könnten mich vermissen und nochmals Männer schicken, mich zu holen.

Die meisten von ihnen hatten das Zimmer verlassen. Muhammad Habîb schien der gutherzigste von seiner ganzen Familie zu sein. Er entschuldigte sich sogar dafür, dass er das Tablett weggenommen hätte, bevor ich mir ein Glas hatte greifen können. Und er deutete mit einer Kopfbewegung an, er würde mir gleich wirklich Tee bringen. Seine Frau sass nicht weit entfernt auf einem Sitzkissen, lebendig und ungestorben. Als er mir den Rücken zukehrte, hat sie mir seltsame Blicke zugeworfen, um mir zu verstehen zu geben, sie würde, genau wie ich, ihren Ehemann für lächerlich halten mit diesen Kleidern und Gesten. Es waren zwei strahlende Augen in einem faltigen Gesicht, mit Brauen darüber, wohlgepflegt wie bei einer Dreissigjährigen. Muhammad Habîb stand mit dem Rücken zu mir, so dass die Blicke der Frau noch mehr leuchteten, in stillem Einverständnis nicht nur über Kleider und Gesten ihres Mannes. Aber ich verspürte einen Widerwillen gegen das faltige Gesicht, das seltsam und erschreckend um die strahlenden Augen lag. Muhammad Habîb hat sich entfernt, um zahlreichen Kindern Platz zu machen, die im Zimmer rumzulaufen begannen. Sie haben sich auf mich zubewegt und angefangen, mir auf die nackten Füsse zu treten. Eines nach dem anderen kam, als ob sie miteinander wetteiferten, um herauszufinden, wer von ihnen die zahlreichen ausufernden Knochen beseitigen könnte.

Meine Füsse haben mir so weh getan, dass ich überrascht war, wie ich weiterdösen konnte, während sie mit ihren kleinen, groben Sandalen darauf rumtollten. Der Schmerz wurde noch heftiger, als ich sie auf den Boden setzte, in der Absicht, ein weiteres Mal auf die Terrasse zu gehen. Als Folge der dauernden Quälereien waren sie geschwollen, und so hab ich mich mit meinem ganzen Gewicht auf meinen Stock gestützt, um den Schmerzen ein Schnippchen zu schlagen. Der Topf war noch immer da. Ein kräftiger Geruch schlug mir entgegen, als ich ihn hochhob, wie wenn ich ihn geweckt hätte, indem ich den Topf berührte und ihn von seiner Stelle nahm. Der Geruch stieg auch von dem Betonplatz hoch und von der Stelle im Vorgarten, auf die ich den Topf entleert hatte. Ein intensives Gemisch, das nicht allein von meinem Urin stammen konnte. Vielleicht tun die oben ja das gleiche wie ich und kippen ihre Nachthafen in den Vorgarten. Aber nein, Uringeruch wird nach einer gewissen Zeit widerlich und hat dann überhaupt nichts mehr mit uns zu tun. Fast wäre ich gestürzt, als ich mich dem Topf näherte. Ich stellte fest, dass ich es nicht schaffen würde. Ich würde mich nicht auf meinen Füssen halten können. Und auch mich auf das Geländer zu stützen, ist mir nicht gelungen. Meine Hände gingen zwischen meinem Stock und dem Topf hin und her. Ich musste mich dazu auf eine der Stufen setzen, die zu ihrer Wohnung raufführten, nahe bei der verdreckten Betonplattform.

Meine Füsse waren noch mehr geschwollen, als ich zum Bett zurückging, das ich auf den Knien erklomm. Ich habe mich zugedeckt, aber meinen Kopf etwas erhöht gelassen, um nicht einzuschlafen. Als die Kinder wiederkamen und ihr Spiel mit meinen Füssen aufs neue begannen, hab ich meine Füsse unter der Decke versteckt. Den Kopf hab ich erhöht gelassen. Ich habe mich an Muhammad Habîb erinnert, wie er normalerweise war, wenn er an seinem Hauseingang stand. Ich grüsste ihn, er lächelte mir zu, verneigte sich und bewegte dabei seine Hand zwischen seinem Bauch und seiner Stirn hin und her. Er wiederholte diese Geste, und er hätte immer weitergemacht. Doch da hab ich bemerkt, dass ich drauf und dran war, einzuschlafen. Ich habe mir den Schlaf aus dem Kopf geschüttelt und das Licht wahrgenommen, das sich draussen auszubreiten begann. Es war noch schwächer als das von der Lampe in meinem Zimmer, aber doch in der Lage, meine Aufmerksamkeit zu wecken. Ich habe mich zum Fenster gedreht und mich dem frühmorgendlichen Schlaf hingegeben, der tief, aber auch schon mit Wachheit durchmischt ist.

Ich habe lange dem ins Gesicht gestarrt, der mich weckte, bevor ich meinen Sohn erkannte. Er hielt das Tablett in einer Hand, um mir mit der anderen beim Aufstehen zu helfen. Er wollte wissen, was los wäre. Ich warf ihm einen fragenden

Blick zu, als ob ich mich nicht an ihn erinnerte. Als er merkte, dass er mich nicht mit einer Hand aus dem Bett kriegen würde, überlegte er kurz, wo er das Tablett abstellen könnte. Ich habe vorsichtig die Decke von meinen Füssen gezogen und einen davon hochgehalten, wie eine schwere Last. Als er sah, dass sie geschwollen waren, wollte er wissen, wie das käme, doch ich blieb schweigsam, um nicht mit einer einzigen Antwort meine ganze nächtliche Angst zu zerstreuen. Er fragte mich nochmals, was passiert wäre, und schaute näher hin. Doch auch diesmal hab ich nichts erwidert. Mein Gesicht verriet den heftigen Schmerz, als ich aufzustehen versuchte. Warum sie denn so geschwollen wären, wollte er nochmals wissen, während er den Versuch machte, mich zum Sofa zu tragen, das nicht weit von meinem Bett stand. Da hab ich mich ans Bett geklammert, um ihm deutlich zu machen, dass ich nicht aufstehen könnte. Als er mich dann fragte, ob ich in der Lage wäre zu essen, hab ich verneinend den Kopf geschüttelt.

„Sie bringen Eisen an ihren Schuhen an."

„Wer denn, Papa?"

„Sie eben, die Kinder in der Wohnung von Muhammad Habîb."

Er schob sein Gesicht ganz dicht an das meine und starrte mich an, als wollte er irgendwas überprüfen.

„Wo hast du sie denn gesehen, Papa?" Er wartete sehr gespannt auf meine Antwort.

„Wen sie?" hab ich zurückgefragt, weil ich plötzlich merkte, dass ich Dinge gesagt hatte, die besser ungesagt geblieben wären.

„Die Kinder in der Wohnung von Muhammad Habîb."

Ich habe meine Füsse vom Boden gehoben, damit er sie sehen konnte, und ihn gefragt, was ich denn tun sollte. Werdet ihr mir den Arzt aus Nabatîja kommen lassen? Er wartete kurz, bevor er mich ein weiteres Mal nach Muhammad Habîb und den Kindern in seinem Haus fragte. Ich habe nichts mehr gesagt, sondern mich damit beschäftigt, all das zu betrachten, was sich um meinen Körper und meine Hände herum befand. Auch das Tablett mit dem Essen hab ich angeschaut und zu ihm gesagt, nimm es, nimm es mit. Ich wollte unwirsch erscheinen wegen seinem mangelnden Interesse an meinen geschwollenen Füssen. Er nahm es, ging zur Tür und rief mir von draussen durch das Fenster zu, er würde zurückkommen. „Wenn du was brauchst, klopf einfach mit dem Stock ans Fenster."

Er war noch nicht lange fort, da kamen seine Kinder runter. Der Älteste trat zu mir und begann, meine Füsse aus nächster Nähe zu betrachten. Dann befühlte er sie mit den Fingern, die die gleiche Form annahmen wie damals, als er mir die Birnenstücke anbot. Er fragte mich voller Mitgefühl, was ich an den Füssen hätte. Sie wären geschwollen, erklärte ich ihm. Auch sein Bruder kam herein und schaute mich an, um herauszufinden, ob das stimmte, was sein Vater erzählt hatte. Seine Bewegungen waren irgendwo zwischen Gedankenlosigkeit und Neugier, und es gelang ihm nicht zu verbergen, dass man ihm von mir erzählt hatte. Er war drauf und dran, etwas auszuplaudern, doch sein Bruder brachte ihn zum Schweigen. Ihre Schwester, die sich nahe bei der Tür hielt, fragte mich, wie es mir ginge. Sie hatte einen Eimer und Aufwischutensilien in der Hand, um mein Gepinkel von der Treppe zu entfernen. Sie stand in einem gewissen Abstand zum Bett, damit ich sehen konnte, was sie bei sich trug. Ich wusste, sie hätte das nicht getan, wenn sie nicht vorher oben über meine Senilität gesprochen hätten. Sie sind zu mir runtergekommen, um sich, jeder auf seine Weise, ein Bild zu machen. Sie, mit ihren Putzsachen, stellte sich vor mich hin, um herauszufinden, wie weit ich schon weggetreten wäre. Wer auf die Treppe macht, dorthin, wo Leute rauf und runter gehen, den würde es auch nicht stören, so glaubte sie, zuzusehen, wie das weggewischt wird. Er hat sich ja zuerst blossgestellt. Wie geht's dir, Opa? fragte sie ein zweites Mal, um sicher zu gehen, dass ich sie gesehen hatte. Ich habe geschwiegen und nichts gesagt. So konnte ich meinen Blick von einem zum anderen wandern lassen, denn ihre beiden Brüder zogen weiterhin meine Aufmerksamkeit auf sich. Ich habe sie angeschaut, einen nach dem anderen. Der Ältere betrachtete meine Füsse von allen Seiten und wollte wissen, wann der Schmerz begonnen hätte. Achmad dagegen war weniger rücksichtsvoll und ungeduldiger. Er fragte mich, warum sie so wären, um von mir dasselbe zu hören wie sein Vater. Sie wollten mir einen weiteren Beweis für meine Senilität entlocken. Schliesslich waren sie alle drei gekommen, um davon Zeuge zu werden. Sie wollten, dass ich es ausspreche, dass ich es aus dem Mund lasse. Ihnen hat es nicht genügt, mein Gepinkel auf der Treppe zu sehen und meinen Ausrutscher vor ihrem Vater, den er ihnen gewiss meisterhaft ausgemalt hat. Sicher hat er vor ihnen einen traurig-betrübten Ausdruck aufgelegt, obwohl er genau wusste, dass er ihnen gegenüber wie jemand aussah, der eine frohe Botschaft überbringt. Ich wäre nun wirklich altersschwachsinnig geworden, wird er ihnen erzählt haben. Dann ist er weggegangen, damit sie ihm hinterherliefen. So konnte er die Geschichte in kleinen Portionen darbieten. Erst wird alles vorbereitet, und er tut, als wollte er loslegen. Es ist wie eine Spielerei, und zwar trotz seiner Trauermiene, die er nicht ablegt. Er ist völlig hinüber. Jetzt ist es dann bald aus mit ihm, sagt er ihnen, um ihre Neugier anzustacheln, worauf sie ihn fragen, was er getan hätte. Ja, was hat er denn getan? Was hat er denn gesagt? Sie wollen die ganze Geschichte hören, nicht nur ein Häppchen, nicht nur das, was ich am Schluss gesagt habe, dass Kinder im Haus von Muhammad Habîb Eisen an ihren Schuhen angebracht hätten. Sie wollen die Geschichte von Anfang an hören, von dem Punkt, als er mein Gepinkel auf der Treppe gesehen hat und zu mir reingestürzt ist. Sie sind alle drei runtergekommen, nicht nur, um meine Senilität zu überprüfen, sondern um meinen Gesichtsausdruck zu sehen nach der Umnebelung, die mich erfasst hat. Sie haben mir Fragen gestellt, bis ich sie nacheinander mit unstetem Blick anstarrte, als würde ich nichts von dem verstehen, was sie sagten.

„Ich geh jetzt zur Treppe", sagte sie und hielt den Eimer hoch, damit wir ihn alle sahen.

„Zur Treppe? Pass auf, dass du nicht fällst", erwiderte Achmad mit absichtlich lauter Stimme.

„Geh nur, geh nur!" rief ihr ihr älterer Bruder zu und machte ihr deutlich, dass sie nun doch etwas übertrieb. „Tut es arg weh, Opa?"

Ich habe meine Füsse vom Boden gehoben, um ihm zu zeigen, wie einem der Schmerz das Gesicht verzerren kann, wenn man sie bewegt.

„Warum holen sie nicht den Doktor aus Nabatîja?“

Er schob sein Gesicht noch näher an meine Füsse, als würde er etwas entdecken, das ihm zuvor entgangen war.

„Wir warten bis zum Abend“, hat er geantwortet und ist aufgestanden, damit seine Geschwister ihm folgen.

Sie haben nichts für mich getan. Sie haben mich allein auf dem Sofa liegen lassen. Sie sind nur gekommen, um Dinge zu hören, die sie oben erzählen können. Achmad stellt sich hin und berichtet, was er gesagt hat und was sein Bruder gesagt hat und wie seine Schwester den Eimer hochgehoben hat, damit ich ihn sehen sollte. Sie werden über die Dinge lachen, die sie gesagt haben, und sich mühen, ihre Rückkehr mit leeren Händen zu rechtfertigen. Sie werden Erklärungen dafür erfinden, was sie in meinen Blicken und meinem Schweigen erkannt haben wollen, als sichere Anzeichen für meine Senilität. Nicht nur in meinem flackernden Blick, sondern auch in meinen enorm geschwollenen Füssen. So was geschieht nur Leuten, denen die Verstandesfähigkeit und die Körperkontrolle abhanden gekommen ist, glaubt ihr Ältester, der Gefallen daran fand, mit dem Finger auf die Schwellung zu drücken. Als ob es ihn amüsieren würde, dass meine geschwollenen Füsse aussahen wie aufgeblasene Gummischläuche. Das kommt daher, dass mein Verstand dem Körper keine Beachtung mehr schenkt, glaubt er. Und drückt mit dem Finger auf die am stärksten geschwollenen Stellen, als wären sie gefühllos, nur weil sie angeschwollen sind. Er sieht darin ein Zeichen, dass sich die Dinge meiner Kontrolle entziehen und von selbst geschehen, ganz plötzlich, und nicht den Weg beschreiten, dem Krankheiten üblicherweise folgen. Der Älteste betrachtet mich, um mich zu fragen, was ist mit deinen Füssen los, Opa? Dabei sieht er das Weiss, das langsam meine Augen überzieht, und er meint, das würde nicht nur meine Sicht beeinträchtigen, indem es sie schwächt, sondern es würde mich auch von mir selbst entfremden und mich die Erinnerung an meine Zeit vergessen lassen. Er fragt mich nicht, was ist mit deinen Augen los, Opa, weil er meint, das wäre ein Geheimnis, das nur er kennt.

Sie sehen, dass ich von innen und von aussen verfaule und dass ich die Farbe von altgewordenen Gegenständen annehme. Ihre Schwester forscht nach Spuren davon in meinem Gepinkel. Sie hält es für undenkbar, dass aus mir etwas rauskommt, was das Alter noch nicht verdorben hat. Sie entfernt es von der Treppe, vorsichtig, damit der Besen nicht damit in Berührung kommt. Sie verwendet eine solche Menge Wasser, als wollte sie die Unreinheit mit Stumpf und Stiel ausrotten. Wenn Abu Fâjis kommt, wird er mich nicht fragen, warum ich auf die Treppe gepinkelt habe, sondern er wird seiner Miene die grimmige Form geben, die Lippen und Nase annehmen, wenn sie auf einen Gestank reagieren. Glaubst du nicht auch, würde er mir am liebsten sagen, wäre es nicht besser gewesen, du wärst an deiner letzten Krankheit gestorben? Dabei tritt er näher, um meine Füsse zu betrachten, während er auf Lippen, Nase und Miene einen fragenden Ausdruck hinzufügt.

Er wird mich nie fragen, warum ich auf die Treppe gepinkelt hätte. Das würde dem widersprechen, was er über meine Senilität gehört hat. Sie werden nie mehr auf dem Hof ihre Stimme gegen mich erheben, sondern sich sogar dicht bei mir halten und darauf warten, was ich sage. Zunächst werden sie sich da oben drüber amüsieren, dann bei mir ihr lautes Gelächter hören lassen. Ich bin nicht wütend auf sie, ebensowenig wie sie auf mich. Wo ist der Arzt, frage ich, und sie antworten mir, er wäre unterwegs. Er hat sich etwas verspätet, behauptet Achmad, weil er einen Unfall hatte und jetzt auf ein Auto wartet, das ihn herbringt, weil seines kaputt ist. Dann bricht er in etwas schrilles Gelächter aus und schaut herum, als wollte er die anderen zu Zeugen anrufen. Sein Vater sieht mein Gepinkel auf der Treppe und sagt nichts. Aber er spricht auch nicht mehr mit mir, wenn er ins Zimmer kommt. Er glaubt, dass ich nicht mehr Herr meiner selbst bin. Er wartet auf seinen Bruder, um ihn zu fragen, was man wegen dem Gestank machen sollte. Sie unterhalten sich darüber vor mir. Ich höre es und bleibe still, weil ich weiss, dass diese Rücksichtslosigkeit der Preis dafür ist, dass sie mich nicht anfahren. Ich werde ihnen jedesmal versichern müssen, dass ich nicht mehr weiss, was ich tue, andernfalls werden sie mich, wenn das noch lange dauert, fragen, warum hast du auf die Treppe gepinkelt, wo du es doch früher in den Topf gemacht hast? Dann würde ich meine Stimme gegen sie heben und mich mit dem wappnen, wofür sie mich halten. Wo soll ich's denn hin machen? Reicht es denn nicht, dass ich kacke und es verstecke wie die Katzen?

Wenn ich den Eindruck habe, dass es wieder einmal an der Zeit und ihre Geduld erschöpft ist, gebe ich ihnen eine solche Antwort. Sie haben mich mit geschwollenen Füssen allein auf dem Sofa liegenlassen, unfähig aufzustehen. Ich habe meinen Stock genommen und begonnen, ans Fenster zu klopfen. Sie sind da oben gestanden, als ob sie auf das

Zeichen gewartet hätten. Kaum hatte ich meinen Stock hingelegt, als ich sie auch schon die Treppe runterrennen hörte. Sie haben geglaubt, diesmal würde ich gestehen und ihnen das sagen, was sie hören wollen. Achmad war allein. Ich schaute ihn fragend an. Wozu all dieser Lärm, und warum er runtergekommen wäre.

„Was willst du, Opa?"

„Mein Essen. Ich will mein Essen. Oder glaubt man bei dir, dass Menschen ohne Essen leben können?"

Kaum hatte ich ausgeredet, da war er auch schon wieder oben bei ihnen. Er wird ihnen sagen, mein Essen, ich will mein Essen. Und dann wird er ihnen auch verraten, was ich über sie gesagt habe. Sie fragen ihn, was hat er gesagt, und er sagt, mein Essen, ich will mein Essen, und äfft dabei meine Ausdrucksweise und meinen Tonfall nach. Er lässt sie sozusagen meine Aussage interpretieren, die aber nicht mehr nur das bedeutet, was ich im Sinn hatte. Und wie hat er das gesagt? Wollen sie wissen. Seine Mutter wird sagen, der Altersschwachsinn würde mich noch bösartiger und noch hochmütiger machen. Dann wird sie ihre Tochter anweisen, den Teller nicht ganz zu füllen, damit mein Magen nicht überlastet wird und ich nicht alles um mich herum verdrecke.

„So was esst ihr also?" hab ich ihn gefragt, als er mir den Teller brachte. Er merkte, dass ich ihn in die Enge treiben wollte.

Er blieb zögernd und unentschlossen vor mir stehen und sagte nichts, weil er nicht wusste, wie ich mich im folgenden Augenblick aufführen würde.

„Iss, Opa, iss!"

„Wo ist denn dein Vater?"

„Iss, Opa, iss!" sagte er nochmals, während er sich zur Tür zurückzog. Dabei war er auf der Hut vor allem, was von mir kommen und ihm den Weg abschneiden könnte.

Als sie sich am Nachmittag allesamt bei mir einfanden, hab ich ihnen gesagt, sie sollten mich bei Nacht nicht allein lassen. Abu Fâjis betrachtete mich aus einigen Schritten Entfernung und fragte seinen Bruder, ob es stimmen würde, dass ich den ganzen Tag nichts gegessen hätte.

„Er verlangt was zu essen und isst es nicht", erklärte sein Bruder.

Mein Blick ist zwischen ihnen hin und her gewandert, als wäre ich durch mein Zuhören an ihrer Unterhaltung beteiligt und würde nur darauf warten, dass sie eine Entscheidung über mich träfen.

„Tun sie ihm weh?" fragte einer von ihnen und trat ein paar Schritte auf mich zu.

„Tun sie dir weh?"

Ich hab ihn gemustert.

„Deine Füsse, tun sie dir weh?"

Ich hab ihm ein schwaches Zeichen mit der Hand gemacht, damit er die Frage wiederholen sollte, die ich nicht verstanden hätte.

Er trat zurück neben seinen Bruder. Dann kamen beide näher.

„Sollen wir den Arzt aus Nabatîja kommen lassen?"

Obwohl ich wusste, dass sie mich für mein Schweigen strafen würden, indem sie gleich rausgingen, hab ich nichts gesagt. Erst als sie dicht bei der Tür waren, hab ich was rausgebracht.

„Was hast du gesagt?" fragten sie mich unisono und kamen zurück.

„Geht heut nacht nicht weg."

„Warum?"

„Damit sie mich nicht ins Haus von Muhammad Habîb holen."

„Wer sie, Papa, wer sind sie?"

11

Mein Grossvater, Scheich Achmad, richtet sich auf der Bahre auf, auf der man ihn zum Friedhof runterträgt. Eine grosse Menschenmenge umgibt ihn. Ich gehe mal unter ihnen, mal seh ich mich selber auf einem hohen Grab auf sie warten. Zahlreich sind sie! Ich vergesse sogar, dass sie zur Beerdigung meines Grossvaters gekommen sind. Ich sehe sie zu einem grossen Haus raufgehen. Viele Fahnen über ihren Köpfen. Sie nehmen wieder den Weg zum Friedhof, und an mein Ohr dringt das Geräusch vom Tritt ihrer Füsse auf die Erde. Ich erkenne die Fahne von unserem Dorf, entfaltet, aber bewegungslos, als hätte sie sich ohne Wind geöffnet. Ich lese die Gedichtzeile, die in ihre Mitte geschrieben ist. Sie ist grün und gross, und über den Buchstaben, die sich über die ganze Breite ziehen, sind zwei Fäuste, die einen Schwertgriff fassen.

Ich verstand, dass mein Grossvater, Scheich Achmad, mich meinte, als er sich auf der Bahre aufrichtete, doch ich war damit beschäftigt, die Beine der Menschen im Trauerzug zu betrachten. Er verlangte mich nochmals. Er richtete sich auf der Bahre auf und rutschte zur Seite, als wollte er mir neben sich Platz machen. Die beiden Fäuste begannen, das Schwert nach oben und nach unten zu bewegen. Mich überkam die Sorge, alle könnten wild auseinanderlaufen und mein Grossvater von der Bahre auf die Erde fallen. Und wirklich machte sich unter ihnen ein Durcheinander breit. Meine Onkel verliessen ihren Platz und begannen, in der Menge herumzutuscheln, als bereiteten sie sich auf einen

Kampf vor, der viele Opfer fordern würde. Von meinem Platz auf dem hohen Grab konnte ich sie sehen, voller Angst. Das Gefühl, alt zu sein, verliess mich nicht. Ich spürte, dass ich genau so war wie in meinen letzten Tagen.

Erschreckt bin ich aufgewacht. Der Kampf hatte begonnen und drohte, sich bis zu mir hin auszuweiten, ohne dass ich imstande gewesen wäre, mich von meinem Platz zu erheben. Ich trug dieselben Kleider wie im Traum und fragte mich nicht, ob es sich dabei um eine schickliche Bekleidung für die Beerdigung von meinem Grossvater handelte. Der dicke, gestreifte Schlafanzug, darunter das weisse Hemd mit dem durchgewetzten Kragen. So trat ich ins Reich der Träume und verliess es wieder, und all das leichter, als ich von einem Zimmer ins andere gehe, weil ich dabei weder eine Tür öffnen noch eine schliessen musste. Als alter Mann war ich allein unter ihnen, als hätte ich nie einen anderen Körper gekannt als meinen jetzigen. Er bleibt auch im Traum, um keinen Zweifel aufkommen zu lassen, dass ich an meinem Lebensende angekommen bin und dass ich genau so aussehe. Dieses Aussehen kommt im Traum, um sich tief in meine Züge einzugraben, als zöge jemand mit dicker Feder die Linien einer Zeichnung nach. Und das alles nur, damit ich nie vergesse, dass ich schon so alt bin, damit ich weiss, was ich bin, bevor ich irgend etwas tue oder denke. Ich frage mich, wie ich mich verhalten oder reden sollte, nun, da ich beinahe hundert bin. Wie könnt ihr mich mit hundert Jahren allein lassen, hab ich meine Enkel gefragt und hinzugefügt, ich würde mein Leben selber beenden, da offenbar der Todesengel Asraîl nichts gegen mich ausrichten könnte. Und wie das, Opa? fragte Achmad, der mit meinem

Spazierstock spielte. Mit einer Spritze, erklärte ich ihm, ohne zu zögern. Mit einer solchen, wie man sie Hadscha Âmina gab, um sie von ihren Schmerzen zu befreien. Das ist ein Geheimnis, Opa, darüber darfst du nicht sprechen, meinte ihre Schwester lachend, während die anderen, die da rumsassen, wegschauten, weil ich ihnen den Abend verdorben hatte. Oder ich stürze mich hier von euerm Balkon. Tu das nicht, Opa, tu das nicht! Diese Verantwortung darfst du uns nicht aufladen, sagte Achmad und mimte jemand, der mich hindern will. Setz dich, setz dich! sagte mir der Älteste unter ihnen, als er sah, dass ich drauf und dran war, in Tränen auszubrechen. Dieses gottverfluchte Leben, das nie enden will, hab ich geseufzt und mich so über die Art beklagt, wie sie mit mir sprachen. Noch nie war jemand im Dorf so alt geworden. Aber nicht doch, Opa, du bist doch noch nicht hundert. Du bist ja noch nicht mal neunzig. Dann begann er, mir auseinanderzusetzen, dass ich jünger wäre, als ich meinte. Offenbar glaubte er, so käme ich mir wie die Männer vor, die ich kannte.

Als am Morgen mein Sohn kam, war ich an den Ofen festgekrallt und hatte nicht den Mut loszulassen aus Angst, ich könnte stürzen.

„Was ist los mit dir, Papa?" fragte er, während er mir unter die Achseln griff und mich aufs Bett legte. Er hatte nichts als ein eingewickeltes halbes Brot in der Hand, denn er zweifelte auch diesmal, dass ich essen würde.

„Was ist los mit dir, Papa?" fragte er nochmals, als ich drauf und dran war, in Tränen auszubrechen.

„Gestern ist mein Grossvater, Scheich Achmad, gestorben, und morgen werde ich ihm folgen."

Als er mich fragte, ob ich das im Traum gesehen hätte, hab ich nichts erwidert. Ich schaute ihn an, damit er seine Frage wiederholte.

„Hast du deinen Grossvater im Traum gesehen?"

Ich sagte wieder nichts. Ich hab ihn weiterhin angeschaut, als würde ich missbilligen, wie Wörter aus den Mündern kommen. Ich habe sogar meine weinerliche Miene abgelegt, während ich ihm zuschaute, wie er die Decke über meinen Körper breitete und mich bis zum Hals zudeckte. Denen, die kamen, als mich meine Krankheit davon abhielt zu essen, erzählte er, mein Verstand sei völlig in Ordnung, doch die Blutzirkulation im Kopf hätte für einen Augenblick aufgehört, deshalb wäre ich etwas aufgelöst und würde meine Träume erzählen. Er untermalte seine Worte mit Gesten, mit denen er Ärzte nachahmte. Er streckte seinen langen Zeigefinger aus und machte ihn zur Arterie in meinem Kopf. Dann fasste er ihn in der Mitte mit einem Finger der anderen Hand, um ihnen zu zeigen, wie das Blut plötzlich blockiert wurde. Kurz darauf liess er die Finger wieder voneinander, wodurch das Blut wieder zirkulierte und ich in meinen Normalzustand zurückkehrte. Sie starrten auf seinen Finger und lauschten. Vier oder fünf Männer, die schweigend vor ihm standen, sozusagen als Gegenleistung für den unmittelbar bevorstehenden Tod seines Vaters. Dann machte er sich daran auszuschmücken, was er von meiner Krankheit wusste. Es war ihm klar, dass ihm nur noch Worte blieben. Niemand unterbrach ihn. Keiner stellte eine Frage, es wäre denn, um ihn daran zu erinnern, dass er, so er denn wollte, auch noch weiter ins Detail gehen oder die Geschichte nochmals von vorn, von ganz vorn anfangen könnte oder dass er seine verschränkten Finger doch bitte etwas höher, über ihre Köpfe, halten sollte, zum Licht, was ihm erleichtern würde, die Arterie in meinem Kopf darzustellen, die sie sich dick, knorplig und knotig vorstellten.

„Ich bin der und der, erkennst du mich wieder", sagte jeder beim Eintreten, kam mit seinem Gesicht näher und ergriff meine schlaffe Hand, um mich zu begrüssen. Ich verschob ein wenig meinen Kopf, als Willkommensgruss und gleichzeitig als Andeutung, ich hätte ihn erkannt. Ich verschob ein wenig meinen Kopf, weniger als jemand, der im Schlaf eine Fliege von seinem Gesicht verscheuchen will. Von meiner Krankheit und meinem Schwindelanfall spricht er zu ihnen, von meinem kraftlosen Körper und meinem leeren Magen, der geschrumpft und zusammengezogen ist, genau wie die Finger sich zusammenziehen und sich schliessen, wenn man das mit ihnen zeigt.

„Erkennst du mich, Opa?" sagt er, und ich betrachte ihn ein ganzes Weilchen, als hätte ich akzeptiert, von ihnen ein weiteres Mal geprüft zu werden.

„Du bist Muhammad."

„Das bin nicht ich, Opa", sagt er und schaut mich prüfend an, als wollte er mir eine zweite Chance geben.

Ich bringe ihr Alter durcheinander und halte die Älteren für die Jüngeren, als ob sie unbemerkt von mir älter geworden wären, und ich gebe dem einen den Namen seines Bruders. Ebenso bringe ich ihre Familien durcheinander und schreibe meiner Jüngsten einen Sohn zu, der tatsächlich ihrer Schwester gehört.

„Was hast du denn da an der Hand, Opa?" fragt er mich, während ich in ihre Betrachtung versunken bin und mich von den Gesichtern abwende, die sich näherschieben, damit ich sie erkenne.

„Nichts“, murmle ich und lasse die Hand sofort sinken, als hätte man mich dabei ertappt, wie ich einen entblössten weiblichen Körperteil betrachte. Doch dann nehme ich sie wieder in Augenschein, zeichne ihre Linien und die Ränder der Nägel nach und entdecke Ähnlichkeiten mit meinen Füssen mit den ausufernden Knochen. Ich stelle fest, dass mir mein Körper noch immer vertraut ist und dass ich noch immer imstande bin, mich darin in vergangenen Lebensaltern zu sehen. Ich entferne die Hand von meinem Gesicht und wende mich einem von ihnen zu, damit diesmal ich das Wort an ihn richte.

„Sag ihnen, sie sollten den Arzt von Nabatîja holen“, sag ich ihm rasch und wiederhole es nicht. Ich habe nicht erwartet, dass er rausgeht und ihnen sagt, er will, dass ihr den Arzt von Nabatîja holt. Es sind eher Worte, die mich verlassen, ohne dass ich wirklich darauf achte. „Ich möchte gern, dass er sich um meine Schmerzen kümmert, nicht um meine Krankheit“, erkläre ich und hebe den Kopf, damit sie mein schmerzverzerrtes Gesicht sehen.

„Von wo, Opa?“

„Von Nabatîja“, erwidere ich rasch und scharf, um deutlich zu machen, dass ich verstanden habe, dass er sich bei ihnen über mich lustig macht.

„Wir werden ihn holen, Opa, warte nur!“

Begleitet von einem anderen, geht er hinaus. Sie bleiben ein wenig draussen, dann kommen sie zurück und produzieren an der Tür ein Riesenspektakel.

„Bitte sehr, Herr Doktor, treten Sie ein!“

Gerahmt von ihnen, tritt er an meine aufgedeckten Füsse und macht sich daran, sie zu untersuchen, ohne auch nur einen Blick auf mein Gesicht zu werfen. Er schaut nach links, wo die beiden anderen stehen, murmelt ihnen ein paar rasche Worte zu und macht sich danach wieder an die Arbeit.

„Es ist das erbärmlichste Alter“, sagte ich mit Nachdruck, damit sie nicht anfangen würden zu lachen und vergessen, dass ich da bin. Sie verliessen das Zimmer und flohen lachend. Er hat den Doktor recht überzeugend gespielt. Doch sie gingen nicht weiter als zur Terrasse. Dort blieben sie stehen und spielten die Szene noch ein Dutzend Mal durch. Dann trat er ein, wie jemand, der gerade angekommen ist.

„Guten Tag, Opa, erkennst du mich?“

„Sie machen sich über mich lustig“, hab ich meinem Sohn gesagt, ohne den Kopf vom Kissen zu heben. „Sie kommen alle und fangen an, mich auszulachen.“

„Wer sie, Papa? Wer sind sie?“

„Eure Kinder. Deine und die von deinen Geschwistern. Sie stellen mir Fragen, damit sie über meine Antworten lachen können. Gestern haben sie deinen Neffen hergebracht und mir vorgemacht, er wäre der Arzt.“

„Und sie haben darüber gelacht?“ fragte er mich überrascht und missbilligend.

„Sag mal, warum sind sie eigentlich alle im Dorf? Und warum sind sie ohne ihre Eltern gekommen?“

„Haben sie viel gelacht?“ Seine Stimme war laut und gereizt und wurde immer lauter, bis sie in meinem wenig möblierten Zimmer nicht mehr zu ertragen war. Sie stieg auf, kräftig und bebend, als käme sie vom Grund eines grossen Kessels, in dem sie von Wand zu Wand geworfen wird. Er schrie, um mich zu verteidigen, und merkte nicht, dass er allein mich in Angst und Schrecken versetzte. Ich bin unbeweglich liegengeblieben, mit schlaffen Händen, weil ich befürchtete, er würde seinen Zorn bei der geringsten Bewegung meines Körpers gegen mich richten. Diese Strolche, schrie er, sie und ihre Sippschaft, und dann noch, dass nur noch denen erlaubt wäre, dieses Haus zu betreten, die ihm passen und sich an seine Anordnungen halten. An seine strikten Anordnungen, rief er noch, als er schon zur Tür stürmte, wo sein wütendes Geschrei abrupt endete.

„Wo ist deine Mutter?" wollte ich von dem wissen, der am Nachmittag den Arzt gespielt hatte.

Er antwortete nicht. Machte nur ein paar gleichgültige Schritte im Zimmer. Es schien ihm ungemütlich, weil er vor den anderen hier war. Am Fenster blieb er stehen und schaute auf das grosse Tor hinaus. Dabei trällerte er, aus Angst, das Stillschweigen könnte ihn betreten machen. Dann wäre er nicht mehr in der Lage, die anderen zum Lachen zu bringen, wenn sie kämen. Ich hab ihn nochmals nach seiner Mutter gefragt, und wiederum antwortete er nicht.

„Wo ist deine Mutter? Verstehst du nicht?"

Er brummelte ein paar Laute, die kaum hörbar zwischen seinen Zähnen hervorkamen und von denen er annahm, ich würde sie nicht verstehen. Doch ich tat so, als hätte ich verstanden. Er räumte seinen Platz am Fenster und ging zur

Tür, um gleich bei ihnen zu sein, wenn sie ankämen. Aus seiner plötzlichen Bewegung und dem Lächeln auf seinem Gesicht schloss ich, dass sie im Anzug waren. Sie platzten ins Zimmer, lachend und lärmend, mit kräftigen Stimmen und lauten Schritten.

„Wie geht es dir, Opa?" fragte Achmad, um zu erfahren, ob die Arterie, die in meinen Kopf führte, ihre Aufgabe erfüllte.

„Erkennst du mich, Opa?" fragte ein anderer und reckte den Hals.

„Das ist noch ein Arzt aus Nabatîja", erklärte Achmad, als ich in die Richtung schaute, aus der die Stimme kam.

„Willst du nichts essen, Papa?"

Ich schaute überrascht auf und betrachtete ihn, als würde ich ihn erst allmählich erkennen. Er wiederholte die Frage etwas weniger laut und hielt mir ein eingewickeltes Brot vors Gesicht. Ich schob es weg, weil er es andernfalls dort gelassen hätte.

„Du musst essen, Papa. Du wirst sterben, wenn du noch lange nichts isst."

Ich habe die Augen offen gehalten, ohne darauf zu achten, wohin mein Blick fiel. Ich dachte an meinen Körper, wie ihn mein Sohn sah, völlig kraftlos und unter der Decke zusammengerollt. Meine Wimpern zuckten nicht, meine Hand auf dem Kissen bewegte sich nicht.

„Willst du nichts essen, Papa?" fragte er nochmals und hielt mir ein weiteres Mal das Brot dicht vor die Augen, die ich unbewegt liess.

„Papa! Papa!"

Er rief es zweimal, überrascht, erschreckt, als riefe er jemand, der mit ihm im Zimmer war und plötzlich verschwand.

Ich musste irgendwas bewegen, um zu zeigen, dass ich noch nicht tot war. Ich drehte ihm mein Gesicht zu, doch meine Augen blieben ohne Reaktion, als würden sie ihn anblicken, ohne ihn zu sehen.

Ich wusste, dass der weisse Schleier, der auf meinen Pupillen lag, meinen Blick noch ferner und erschreckter machte. Als ich mich ihm zuwandte, schien ich unfähig, mich aus dem Kreis von all den Gesichtern zu nehmen, mit denen ich sprach und denen ich lauschte.

Die Furcht erschütterte ihn. Er sah aus, als wollte er aus dem Zimmer laufen und vor all den Kreaturen fliehen, die ich mir ausmalte und denen ich mich näherte, damit sie mir näher wären als ihm.

Nun meint er, dass ich begonnen hätte, mit den Toten zu verkehren, dass ich mit Körper und Seele einen grossen Schritt auf sie zu gemacht hätte.

Wenn ich keine Reaktion zeige und abwesend bin, meint er, ich würde mein Gesicht dem Tod zuwenden. Ich würde von der Grenzlinie, auf der ich mich befinde, auf den Tod zutreiben und das Leben auf der anderen Seite als unbedeutend zurücklassen, als nicht mehr imstande, mich noch lange festzuhalten. Als ich dann den Kopf auf das Kissen sinken liess und meine Augen auf ihn richtete, meinte er, dass die, zu denen ich sprach, mir noch einen Aufschub gewährt hätten, aber auf ihren Plätzen meine baldige Rückkehr zu ihnen erwarteten.

12

Von dem Augenblick an, wo die beiden am Tor erschienen, lachten sie unablässig und tauschten Obszönitäten aus. Sie schlenderten langsam und mit wiegendem Schritt. Nachdem sie die Schwelle des grossen Tors überschritten hatten, durchquerten sie den Hof. Irgendwie erweckten sie den Eindruck, als hätten sie Zerstörerisches im Sinn. Eine rupfte eine Rose aus dem kleinen Beet und roch daran, wie es Mädchen tun. Sie hielt sie in ihrer groben, rissigen Hand und zeigte sie ihrer Kumpanin, die etwas entfernt von ihr, auf der anderen Seite vom Hof, ging. Dann schwenkten sie zu der Treppe ab, die auf das Dach vom Kuhstall führt. Suchten sie was, was die Kinder am Vorabend verloren hatten? Sie trödelten auf dem Hof rum, dann kamen sie zu mir hoch, und man hätte meinen können, sie würden eine von den Bewohnern verlassene Wohnung betreten. Auf meiner Terrasse blieben sie ein Weilchen stehen und unterhielten sich, dann beugte sich eine von ihnen durch mein offenes Fenster und suchte nach mir.

„Er ist wach", sagt sie, ohne ihren Blick von mir zu nehmen. Ihre Kumpanin ist damit beschäftigt, den unteren Teil von der Brüstung der Terrasse zu betrachten.

Schon als mein Sohn sie zum erstenmal mitbrachte, damit sie mein Bett und mein Zimmer säuberten, waren sie nicht schüchterner. Als ich ihn nach seinen Schwestern fragte, hat er mich einfach angeschaut und sich überlegt, was er erwidern könnte. Sie fingen an, sich vor ihm über mich zu mokieren, ohne dass er was sagte. Sicher nahm er an, ich würde ihre Unflätigkeiten nicht verstehen. Als er sie dann mit mir allein liess und in seine Wohnung raufging, trieben sie ihren Schabernack mit mir noch weiter. Sie näherten sich mir ganz unverfroren mit weit aufgerissenen Augen und haben so getan, als wäre die Luft rein für sie, so dass sie sich über mich lustig machen und mir meine Kleider wegziehen könnten. Sie waren beide so hässlich und einander so ähnlich, dass ich mich wirklich fragte, warum der Mann sie geheiratet hat. Keine übertraf die andere in irgendwas. Eine zog die Decke von mir, damit die andere mein Bett betrachten und sehen konnte, was ich gemacht hatte.

„Warum hast du das nicht auf dem Klo gemacht, Opa?" fragte meine Enkelin ohne irgendwelche Zeichen von Ekel. Wie wenn ich aufstehen und aufs Klo gehen könnte, nur weil jemand mich darauf hinweist, dass ich so was besser dort täte.

„Wo sind deine Tanten?" hab ich sie gefragt. Ich habe gespürt, ich müsste etwas sagen, um ihr deutlich zu machen, dass ich völlig klar bin und es mir genauso peinlich ist wie ihr, dass ich mein Bedürfnis nicht kontrollieren kann. Aber plötzlich hab ich begriffen, dass es nutzlos wäre, mit ihr auf diese Weise zu sprechen, da sie mich ja sowieso ausziehen müsste. Ich hab eine abwesende Miene aufgesetzt und meinen Blick vage ins Weite gerichtet, als hätte meine Kopfdurchblutung plötzlich ausgesetzt. Nur so konnte ich ihr meinen Körper überlassen und ihr gefügig sein. Wie hätte ich mich ihren Blicken aussetzen sollen, während meine Augen begreifen, was sie sehen?

Die beiden kamen mit tänzelndem Schritt, winkenden Händen und wiegendem Kopf näher. Ich bin wortlos geblieben und habe sie angeschaut, als ob ich nicht wahrnähme, was sich um mich herum abspielt. Ihnen würde es schwerfallen, meinen Körper zu säubern, während mein Kopf sie von oben herab beobachtet, als wäre er getrennt von allem darunter und würde es verachten. In diesem Fall müsste ihr Mann ihnen ja verbieten, mein Zimmer zu betreten und mich zu säubern. Er würde meinem Sohn sagen, ich sähe sie, wie sie meine Scham anschauen. Das würde aus ihm jemand machen, der seine Frau einem fremden Mann überlässt.

Die beiden laufen tänzelnd rum und äussern Unflätigkeiten, um tun zu können, was sie zu tun haben. Ich dagegen leere meinen Blick und lasse meine Augen vage ins Weite schauen, um den Anblick ertragen zu können, der sich ihnen bietet. Ich habe meinen Sohn nicht gefragt, ob die beiden auch so sind, wenn sie bei ihm arbeiten. Das würde zwei Männer verlangen, die sich auf gleicher Ebene unterhalten, während in Wirklichkeit einer in die Kleider und ins Bett kackt. Auch bei ihm leere ich meinen Blick und antworte nicht auf seine Fragen, um vor ihm nicht zweigeteilt zu erscheinen – als einer, der in die Kleider kackt, und ein anderer, der seiner Umgebung erklärt, was man mit ihm zu tun hätte.

Sie übernehmen Rollen und spielen sie mir vor, weil sie glauben, dass man sich mit einem senilen Mann anders als sonst verhalten muss. Ich bin aber nicht weniger schlau als sie und verändere mein Aussehen nach Belieben. Ich verzerre mein Gesicht vor Schmerz, ich leere meinen Blick, und ich schreie aus tiefster Seele, wenn sie ihre Stimmen gegen mich erheben. Sie treten mir nur in Rollen gegenüber, in die sie schlüpfen. Wenn sie sich untereinander unterhalten, sind sie wieder normal und reden mit lauter Stimme, weil sie annehmen, ich würde nur Worte verstehen, die direkt an mich gerichtet sind.

„Kriegt er seinen noch hoch?“ fragte eine der beiden meinen Sohn und liess dabei ihren Blick zwischen ihrer Kumpanin und mir hin und her wandern.

Er hat nicht geantwortet, als ich ihn nach seinen Schwestern fragte, sondern mich nur angeschaut und sich überlegt, was er sagen soll. Ich hab ihn kein zweites Mal gefragt. Er hätte mir antworten können, wer ins Bett macht, hätte nicht das Recht sich auszuwählen, wer ihn säubern soll. Er hätte sogar fast über die beiden gelacht, als sie Eheleute mimten, die sich zieren, ihr Hochzeitslager aufzusuchen.

„Was hast du bloss aus dir gemacht?“ fragte die zweite, nachdem ihre Kumpanin die Decke von mir gezogen hatte.

Sie waren angewidert von dem Anblick, der sich ihnen bot, und hätten darüber fast die Alberei vergessen. Um sie zum Bleiben zu veranlassen, hab ich dahin geschaut, wo sie hingezeigt hatten, als würde ich einen unverstandenen Befehl ausführen. Sie waren hässlich und ordinär, gleichzeitig angeekelt und schamlos. Sie starrten auf meine Körpermitte, als suchten sie nach meinem Glied mitten in dem Dreck, der es bedeckte.

„Er ist weg“, sagte sie zu ihrer Kumpanin, die noch immer glotzte, als würde sie nach etwas Verlorenem suchen.

„Legen wir ihn doch runter auf den Boden! Fass ihn an den Schultern!“

Ich habe geschaut, wo sie mich hinlegen wollten, während sie mich mühelos aufnahmen. Ich befürchtete, sie könnten mich fallen lassen, bevor sie mich abgelegt hätten.

„Auf die Matte, damit er nicht auskühlt. Gib mir das Kissen, das können wir ihm unter den Kopf legen."

Sie waren beide recht kräftig. Die zweite hielt mich mit einer Hand hoch, während sie die andere nach dem Kissen ausstreckte. Sie waren vollauf beschäftigt und hatten aufgehört zu witzeln. Sie hielten mich eisern fest, bis ihnen plötzlich einfiel, sie könnten mich eigentlich auf das Sofa legen.

„Leg das Leintuch drauf, damit er nicht auch noch das Sofa verdreckt."

„Jetzt lass ihn runter. Leg ihn auf den Boden! Ich halt ihn fest."

Ich war schwach und leicht in ihren Händen, auch sehr gebrechlich. Fast hätte ich ihnen gesagt, sie sollten mich mit den Füssen zuerst auf den Boden legen und die, die mich an den Schultern hielt, sollte mich hochhalten.

„Lass ihn runter! Leg seine Füsse auf den Boden, auf die Matte."

Kaum dass sie mich auf das Sofa gelegt und angefangen hatten, das Bett abzuziehen, setzten ihre Unflätigkeiten wieder ein. Sie bewegten sich hinternwiegend um das Bett und scherzten dabei, sie wären zu einem ehelichen Lager geladen, wo meine Kacke sie erwartet. Sie drehten mich mit dem Gesicht zum Bett, damit ich sie sehen könnte. Dann brachten sie sich gegenseitig zum Lachen, indem sie mich in ihren Unfug mit einbezogen. Das Bett war total verschmutzt. Ich musste schon lange Zeit ins Bett gemacht haben, ohne es zu merken. Wo bringst du das nur her, wo du einen ganzen Monat nichts gegessen hast? schrie mein Sohn wutentbrannt. Er hat nichts unternommen. Er hat mich in meinem

Bett liegenlassen und ist rausgegangen, damit ich ihn nicht mehr frage, wo seine Schwestern sind, und er dann anfangen müsste zu schimpfen, sie würden die Luft von Beirut riechen. Was natürlich heissen sollte, dass er hier in meinem Zimmer etwas ganz anderes riecht.

„Los!“ sagte eine der Frauen und packte den Rand der Matratze, um sie gemeinsam mit der anderen aufzunehmen wie zuvor mich.

„Man hat sie schon mal umgedreht“, japste ihre Kumpanin.

„Holen wir eine neue?“

Sie schauten mich an, um zu erfahren, wo die Matratzen lagen. Ich reagierte nicht. Gleich darauf erblickten sie durch die angelehnte Tür das Bett von Hadscha Chadîdscha.

„Warum schläfst du nicht dort?“

Ich habe meinen Blick auf das Bett gerichtet, um ihnen deutlich zu machen, ich würde weiterhin in diesem schlafen, nirgends sonst. Sie warf mir einen langen Blick zu, als hätte sie gern etwas gesagt.

„Los, an die Arbeit!“ rief die andere, während sie ihren Hintern hob, um auf die andere Bettseite zu gelangen.

„Er will nicht in einem sauberen Bett schlafen. Er ist halt an diese Düfte gewöhnt.“

„Wenn er erst mal in dem anderen Zimmer schläft, riecht das auch bald so speziell.“

Meine Füsse lagen auf dem Rand des Sofas, hoch und dünnhäutig und rot um die ausufernden Knochen herum, die an den Enden eiterten. Ich fürchtete, sie könnten sie sehen und sich darüber lustig machen und sie anfassen. Ausserdem hatte ich Angst, sie auf den unteren Rand des

Sofas zu legen. Sie waren so gross, und die beiden Frauen würden merken, dass ich sie verstecken wollte, und sich dann noch unflätigere Scherze erlauben.

„Warum eigentlich zwei Frauen?" hab ich meinen Sohn gefragt, als er mir keine Antwort auf meine Frage nach seinen beiden Schwestern gab. „Eine reichte doch." Aber ich habe begriffen, dass ihr Ehemann dazu seine Zustimmung nicht geben würde. Das würde Argwohn wecken. Ein Mann allein mit einer Frau in einem geschlossenen Raum. Er würde annehmen, mein Verstand und meine Begierde würden zurückkehren, wenn ich nackt vor einer Frau läge. Sie machten das Bett. Wo sie mich wohl säubern würden? Ja wohl kaum auch auf dem Sofa!

„Säubern wir ihn mit kaltem Wasser? Los, mit kaltem Wasser ..."

Sie drehten sich beide zu mir, um zu sehen, was das für einen Eindruck auf mich machte, und mussten feststellen, dass ich sie anstarrte, als ob ich sie nicht verstanden hätte.

„Magst du kaltes Wasser?" fragte eine. Ich habe so getan, als hätte ich nichts gehört und nichts verstanden. Inzwischen hatten sie das Bett gemacht, und ich habe gemerkt, dass jetzt ich dran war. Plötzlich kamen sie näher, als hätten sie sich zuvor abgesprochen. Ich zog meine Füsse vom hohen Rand des Sofas herab und schob sie in eine Ecke unter den Bezug.

„Also, zeig uns jetzt mal dein Vögelchen", sagte sie und beugte sich auf der Höhe meiner Knie über meinen Schlafanzug. Zwei Frauen, von denen die eine die andere beaufsichtigen sollte, damit ich nicht nackt vor einer allein liege. Sagt ihr Ehemann. Dabei sind sie gemeinsam gekommen, um sich gegenseitig zu helfen, den Anblick meiner Kacke zu ertragen und mich zu säubern. Diese Kacke, die nicht vom Essen kommt, sondern die einfach Dreck ist, den ich aus meinem Körper ausscheide, damit ich ihn nicht mit hinübernehmen muss.

„Also, zeig uns dein Vögelchen“, wiederholte sie, an ihre Kumpanin gewandt, die ihre grobe, rissige Hand ausstreckte, als beabsichtigte sie, etwas zu ergreifen. Er schläft mit beiden zusammen. Deshalb sieht er ihre rissigen Hände nicht mehr und auch nicht ihre gelben Zähne. Er ist vollauf damit beschäftigt, sie beide anzustarren und ihre Positionen zu regeln. Er schaut nicht auf ihre Hände, sondern auf das, was sie damit tun. Sie machten sich daran, mir die Kleider vom Unterleib zu ziehen, hielten aber inne, weil sie sahen, dass das Sofa verdreckt würde.

„Wir hätten ihn auf dem Bett säubern sollen“, sagte eine, bevor ihr Blick auf die Matte fiel.

„Nimm ihn an den Schultern“, sagte sie und umfasste meine Beine.

„Hier, hier, wo wir ihn zu Beginn hingelegt hatten.“

Sie legten mich wieder dorthin, und eine von ihnen zog mir den Schlafanzug aus, indem sie ihn von den Knien runterzog. Beide schauten sie dann auf den Bereich, wo sich mein Glied befand.

„Es ist verschwunden“, sagte diejenige, die mich ausgezogen hatte. Die andere inspizierte die Mittelregion von meinem Körper aus verschiedenen Blickwinkeln, als würde sie nach einem verlorenen Gegenstand suchen.

Ich habe meine Hand ausgestreckt, um mein Glied zu verstecken, als sich auch ihre Hand danach ausstreckte. Die

Hand senkte sich, um an mir rumzumachen und das Glied von der anderen Seite zu fassen. Da hab ich einen Laut ausgestossen.

„Er hat Angst drum“, witzelte sie zu ihrer Kumpanin, die ruhig dabeistand. „Geh, bring mir Wasser.“ Sie liess ab von mir und unterbrach ihre Unflätigkeiten bis zur Rückkehr ihrer Kumpanin.

Das Wasser war kalt. Als sie begannen, es mir über die Beine zu giessen, hörten sie auf zu reden, als erwarteten sie, ich würde protestieren und sie anfahren. Ich habe nichts gesagt.

„Dreh ihn um, damit wir ihn auch hinten waschen können!“

Sie wollten mit Wasser die Kacke entfernen, die an mir klebte, und mich dann mit dem Lappen säubern, den sie auf den Rand der Schüssel gelegt hatten.

„Lass ihn so, dass wir ihm den Hintern abschrubben können.“

„Mach du's!“

Sie fuhr mir mit dem Lappen über die Schenkel und sah sich vor, mich nicht mit der Hand zu berühren.

„Geh, tu Wasser in die Schüssel!“

Das Wasser, mit dem sie mich übergossen, tropfte auf die Matte und floss von da zu der Öffnung unter der Schwelle und hinaus auf die Terrasse, wie damals, wenn Hadscha Chadîdscha die Kinder gewaschen hat. Aber jetzt war der Wasserfaden ohne Schaum. Dreckiges Wasser, dass sie beseitigen müssten, sobald sie mit mir fertig waren. Sie haben mich einfach nur mit Wasser gewaschen.

„Kipp das Wasser über ihn, los!“

Ich habe nicht mit der Wimper gezuckt, als sie mir das kalte Wasser über Rücken und Schultern leerten. Sie hatten mir alle Kleider ausgezogen und sie dorthin geworfen, wo das Wasser zur Türschwelle floss. Sie hatten mit meinem Körper genausowenig Erbarmen wie mit meinen Kleidern, als sie meinen Kopf und meine Hände daraus hervorholten. Sie beugten meinen Rücken so weit nach vorn, dass der Kopf zwischen die Beine kam. Das war für sie am bequemsten. So machten sie es auch, als sie meine Hände zu sich ranzogen. Sie zogen die Teile meines Körpers, die sie waschen wollten, einfach zu sich ran. Doch ich habe geschwiegen, das Haupt gesenkt und ihnen meinen Körper überlassen, der schon viele Runden auf dem Weg zum Tod zurückgelegt hatte.

Von dem Augenblick an, wo sie durch das grosse Tor traten, lachten sie unablässig und tauschten Obszönitäten aus. Sie schlenderten langsam dahin. Eine rupfte eine Rose von dem kleinen Beet und roch daran, wie es Mädchen tun. Als sie zur Terrasse kamen, schaute eine durchs Fenster und sah mein Gesicht nahe bei dem ihren. Sie sah meine grossen Augen, weit zurückliegend hinter den Brillengläsern, und meine Hand, die sich an dem Eisenstab am Fenster festhielt. Er ist wach, rief sie, ohne den Blick von mir zu wenden, ihrer Kumpanin zu, die den unteren Teil von der Brüstung betrachtete.

„Ich will die beiden nicht“, hab ich meinem Sohn gesagt, als er kam, um mich nach der Säuberung im Bett zu sehen.

„Was haben sie getan?“

„Sie haben mich gewaschen wie eine Leiche und dann schmutzig zurück ins Bett gelegt.“

Ich habe den Blick nicht von ihr abgewendet und den Fensterstab festgehalten. Sie rief ihrer Kumpanin zu, ich wäre wach, ja sie bellte es förmlich, um mir Angst einzujagen, damit ich mein Gesicht abwenden und den Gitterstab loslassen würde. Sie gingen weiter, und als sie in der Tür erschienen, fanden sie mich, wie ich sie anstarrte, die Hand noch immer an dem Stab.

„Bist du diesmal sauberer als das letzte Mal?" fragte mich eine von ihnen im Näherkommen, während die andere sich die Rose an die Nase hielt, um nicht mich riechen zu müssen.

Nachwort

„Mir gefällt es, wenn sich der Schriftsteller in den Kopf anderer begibt und die Welt aus ihrer Perspektive betrachtet. Eines meiner Bücher heisst *Tage zuviel.* Das Erzähler-Ich darin ist ein 94jähriger Mann. Ich schrieb das Buch, als ich 37 oder 38 Jahre alt war. Wer mich damals sah, war erstaunt, dass ich das ja gar nicht war, der Mann im Buch. Ich mag es sehr, der andere zu sein. Wenn man nicht über sich selbst schreibt, sich nicht als den Gegenstand oder das Beispiel begreift, als Achse der Gesellschaft, kann man auch jedes Buch anders gestalten, kann sich in andere Figuren hineinversetzen. Ich kann mich in der Stadt und auf dem Land bewegen, manchmal witzig sein und manchmal traurig, weil die Figuren eben so sind."

So äusserte sich Hassan Dawud* einmal in einem Interview über sein Schreiben. Er offenbarte darin in aller Kürze sein Hauptanliegen in den inzwischen fünf Romanen und zwei Erzählsammlungen aus seiner Feder. Es ist das Psychologische, das Verhalten von Menschen im Geflecht ihrer eigenen, sehr persönlichen Geschichte und ihre Haltung anderen gegenüber in familiären, gesellschaftlichen, beruflichen und anderen Beziehungsnetzen. Vom Krieg im Sinne bewaffneter Auseinandersetzungen ist dabei, auch im vorliegenden Roman, wenig die Rede.

* Biografische Angaben über den Autor finden sich im Nachwort zu seinem Roman *Der Gesang des Pinguins* (Aus dem Arabischen von Doris Kilias; Basel, Lenos, 2000).

Das mögen europäische Leser überraschend finden, die von einem Autor, der 1983, also mitten im libanesischen Bürgerkrieg, zu schreiben begann, unmittelbare Auseinandersetzungen mit den Kriegsvorgängen oder ihren Folgen erwarten. In seinem ersten Roman, *Mathildes Appartementhaus,* war der Krieg noch viel stärker präsent, ja, er war Teil der Geschichte, deren Protagonistin ihre Lebensordnung durch die „Unordnung" des Krieges gestört sieht.

Auch bei einem Roman wie *Tage zuviel,* der auf arabisch 1990 erschien, hätte eine stärkere Einbeziehung des Krieges nicht überrascht. Im Oktober zuvor war das Abkommen von Taif (Saudiarabien) ausgehandelt worden, das die Beilegung der Kampfhandlungen besiegelte, und im Libanon machte man sich, auf verschiedenen Ebenen, an den Wiederaufbau.

Doch ein Blick auf die Entwicklung der arabischen Literatur im allgemeinen seit dem Zweiten Weltkrieg hilft, Hassan Dawuds Werk mit seinem besonderen psychologischen Interesse einzuordnen. Spätestens seit den fünfziger Jahren galt vielen arabischen Schriftstellern und Intellektuellen Literatur als Teil einer gesellschaftlich-politischen Aufgabe. Das Sartresche Konzept von der *littérature engagée* wurde in verschiedenen Formen rezipiert. Erst mit den politisch-militärischen Fehlschlägen der sechziger und siebziger Jahre verliert diese Vorstellung von Literatur an Boden, entweder indem der engagierte Held zum Antihelden mutiert oder indem der Blick sich von der Gesellschaft mehr dem Einzelnen, dem Individuum zuwendet.

Mit vielen Varianten und zeitlichen Verschiebungen lässt sich dieses Entwicklungsmuster wohl in der gesamten arabischen Welt nachweisen, besonders deutlich ist es in Ägypten und dem Libanon. Im letzteren ist, so kann man mitunter lesen, der Einfluss der französischen Literatur Sartrescher Prägung dem Einfluss von André Gide und Marcel Proust gewichen.

In diesem neueren Zusammenhang sind auch die Charakteristika im Schreiben Hassan Dawuds zu sehen: die Fixierung aufs Individuum, die weitgehende Ausklammerung der Gesellschaft als Feld für politisch-soziales Handeln und der weithin unspezifische, vage Zeitrahmen des Romangeschehens. Das gilt für *Der Gesang des Pinguins* ebenso wie für *Tage zuviel* und andere, noch nicht auf deutsch erschienene Werke.

Der alte Mann, der im vorliegenden Roman sein Leben in Vergangenheit und Gegenwart erzählt, könnte Gegenstand einer Darstellung patriarchalischer Gesellschaft sein. Ein ideales Modell. Er, der jahrzehntelang seine Familie geführt, beherrscht, unterdrückt hat, eignete sich bestens als Ausgangspunkt für Gesellschaftskritik. Doch das ist nicht Hassan Dawuds Anliegen. Ihn beschäftigt das Altwerden, das Altsein. Und das Alter macht einsam. Nicht nur, weil nach und nach alle Freunde und Bekannten aus der alten Zeit verschwinden. Auch weil die Distanz zu den anderen, den Jüngeren, immer grösser wird und damit die Erfahrung und das Empfinden sich immer weiter von ihnen entfernen. Schliesslich ist man nur noch Last, in diesem Fall Last der Familie, die so schön ihre Ruhe haben und ein gemütliches Dasein fristen könnte, wäre da nicht der alte Vater/Grossvater, der Ansprüche stellt, der sich gleichzeitig vernachlässigt und gestört fühlt und der seinerseits die anderen stört. Diese haben ihn, so zumindest sein Blick zurück, abgeschoben von allen Tätigkeiten ebenso wie aus dem eigentlichen Familienleben. Die „intakte Grossfamilie" zeigt eine hässliche Fratze.

Gegenüber diesen Machenschaften der Kinder und den Bosheiten der Enkel, die bald einmal glauben, er sei geistig längst hinüber, entwickelt der alte Mann „Überlebensstrategien". Er seinerseits tyrannisiert die Familie, versucht, alle gegeneinander auszuspielen, weckt auch ganz bewusst ihren Ekel ihm gegenüber. Er rächt sich. Auch hier sind für alle die Hölle die anderen. Das Schöne, wenn es dieses denn einmal gab, liegt weit zurück.

Natürlich findet sich auch in Werken dieser sehr individualistischen Richtung Information aus der libanesischen Realität, der gesellschaftlichen wie der politischen. Hier ist es zum Beispiel das Hin und Her zwischen Dorf und Stadt, zwischen dem ländlichen Herkunfts- und Ruhestandsbereich und dem städtischen Beiruter Arbeitsfeld, eine für den Libanon durchaus typische Erscheinung, deren Entwicklung schon Jahrzehnte zurückliegt, die aber durch den Krieg intensiviert wurde. Dass es sich um eine muslimische Umgebung handelt, wird unter anderem durch die Koranlektüre deutlich, durch Hinweise auf das Fasten während eines Monats und durch ein paar eingestreute, nicht immer kenntlich gemachte Koranzitate wie dasjenige vom „erbärmlichsten Alter" (S. 141f.; Sure 16, Vers 70). Dass im Dorf der schiitische Islam gepflegt wird, ist weniger leicht sichtbar: Sajjid Mahdi, der Geistliche, entstammt, so will es die Tradition – daher sein Beiname Sajjid (Herr) und, nicht erwähnt, sein schwarzer Turban –, der Familie des Propheten.

Doch bei alldem ist *Tage zuviel* eben kein spezifisch libanesischer Roman. Der Libanon tritt sehr in den Hintergrund, ist lediglich die Leinwand, auf der das „literarische Gemälde“ festgehalten wird, die Komposition über eine menschliche Erfahrung: den langsamen Rückzug, die allmähliche Abdrängung eines Menschen aus der Welt, aus seiner Welt.

Hartmut Fähndrich

PS. Zur Erleichterung der Aussprache arabischer Namen wurden in der Übersetzung betonte lange Silben mit einem Zirkumflex (^) versehen.

Binâyat Mâtîld
(„Mathildes Appartementhaus“, Roman) 1983

Taḥta šurfat Anǧî
(„Unter Angies Balkon“, Erzählungen) 1984

Rauḍ al-ḥayât al-maḥzûn
(„Der traurige Lebensgarten“, Roman) 1985

Ayyâm zâ'ida
(„Tage zuviel“, Roman) 1990

Nuzhat al-malâk
(„Ausflug des Engels“, Erzählungen), 1992

Sanat al-ûtûmâtîk
(„Das Jahr der Automatik“, Roman) 1996

Ghinâ' al-biṭrîq
(„Der Gesang des Pinguins“, Roman) 1998

Von Hassan Dawud im Lenos Verlag erschienen:

Roman
Aus dem Arabischen von Doris Kilias
200 Seiten, gebunden, mit Schutzumschlag
ISBN 3 85787 308 6

„Dawud ist ein faszinierendes und tiefgründiges Psychogramm von Aussenseiterexistenzen gelungen, die durch ihr Unvermögen oder ihre Weigerung, sich dem Leben zu stellen, völlig lebensuntüchtig werden."
Der Landbote

ARABISCHE LITERATUR IM LENOS VERLAG
Herausgegeben von Hartmut Fähndrich
Auswahl lieferbarer Titel

Ägypten
• Salwa Bakr, *Atijas Schrein*
Roman, 122 S. Aus dem Arabischen von Hartmut Fähndrich
• Salwa Bakr, *Die einzige Blume im Sumpf**
Geschichten, 117 S. Aus dem Arabischen von Hartmut Fähndrich
• Salwa Bakr, *Der goldene Wagen fährt nicht zum Himmel*
Roman, 269 S. Aus dem Arabischen von Evelyn Agbaria
• Edwar al-Charrat, *Safranerde**
Roman, 261 S. Aus dem Arabischen von Hartmut Fähndrich
• Edwar al-Charrat, *Die Steine des Bobello*
Eine Kindheit, 191 S. Aus dem Arabischen von Hartmut Fähndrich
• Gamal al-Ghitani, *Seini Barakat**
Roman, 399 S. Aus dem Arabischen von Hartmut Fähndrich
• Sonallah Ibrahim, *Der Prüfungsausschuss**
Roman, 219 S. Aus dem Arabischen von Hartmut Fähndrich
• Jussuf Idris, *Die Sünderin*
Roman, 189 S. Aus dem Arabischen von Hartmut Fähndrich
• Muhammad al-Machsangi, *Eine blaue Fliege*
Kurzgeschichten, 99 S. Aus dem Arabischen von Hartmut Fähndrich
• *Pappschachtelstadt.* Geschichten
217 S. Ausgewählt und ins Deutsche übertragen von Hartmut Fähndrich
• Latifa al-Sajjat, *Durchsuchungen*
Eine Lebensgeschichte, 155 S.
Aus dem Arabischen von Hartmut Fähndrich

Algerien
• Ali Ghalem, *Die Frau für meinen Sohn**
Roman, 272 S., Aus dem Französischen von A. Bucaille und S. Thauer
• Wassini Laredsch, *Die Hüterin der Schatten oder Don Quichotte in Algier*
Roman, 238 S. Aus dem Arabischen von Kristina Stock

Irak
• Alia Mamduch, *Mottenkugeln**
Roman, 235 S. Aus dem Arabischen von Regina Karachouli

Jordanien
• Abdalrachman Munif, *Am Rande der Wüste*
Roman, 210 S. Aus dem Arabischen von Petra Becker
• Abdalrachman Munif, *Geschichte einer Stadt*
Eine Kindheit in Amman, 285 S. Aus dem Arabischen von Larissa Bender und Hartmut Fähndrich

• Abdalrachman Munif, *Östlich des Mittelmeers*
Roman, 267 S. Aus dem Arabischen von Larissa Bender

Libanon
• Leila Baalabakki, *Ich lebe*
Roman, 284 S. Aus dem Arabischen von Leila Chammaa
• Raschid al-Daïf, *Lieber Herr Kawabata*
Roman, 185 S. Aus dem Arabischen von Hartmut Fähndrich
• Hassan Dawud, *Der Gesang des Pinguins*
Roman, 200 S. Aus dem Arabischen von Doris Kilias
• Emily Nasrallah, *Das Pfand*
Roman, 190 S. Aus dem Arabischen von Doris Kilias
• Emily Nasrallah, *Septembervögel**
Roman, 199 S. Aus dem Arabischen von Veronika Theis

Libyen
• Ibrahim al-Koni, *Blutender Stein**
Roman, 152 S. Aus dem Arabischen von Hartmut Fähndrich
• Ibrahim al-Koni, *Goldstaub**
Roman, 166 S. Aus dem Arabischen von Hartmut Fähndrich
• Ibrahim al-Koni, *Die Magier*
Das Epos der Tuareg, 840 S. Aus dem Arabischen von Hartmut Fähndrich
• Ibrahim al-Koni, *Nachtkraut*
Roman, 207 S. Aus dem Arabischen von Hartmut Fähndrich
• Ibrahim al-Koni, *Schlafloses Auge*
Aphorismen aus der Sahara
Ausgewählt und aus dem Arabischen übersetzt von Hartmut Fähndrich
144 S. Mit 32 Farbfotos von Alain Sèbe und Berny Sèbe

Marokko
• Driss Chraibi, *Ermittlungen im Landesinnern**
Roman, 287 S. Aus dem Französischen von Angela Tschorsnig
• Abdellatif Laabi, *Kerkermeere*
Bericht, 229 S. Aus dem Französischen von Giò Waeckerlin Induni

Palästina
• Machmud Darwisch, *Ein Gedächtnis für das Vergessen*
212 S. Aus dem Arabischen von Kristina Stock
• Dschabra Ibrahim Dschabra, *Das vierzigste Zimmer*
Roman, 135 S. Aus dem Arabischen von Heiko Wimmen
• Dschabra Ibrahim Dschabra, *Der erste Brunnen**
Eine Kindheit, 253 S. Aus dem Arabischen von Kristina Stock
• Emil Habibi, *Der Peptimist oder von den seltsamen Vorfällen um das Verschwinden Saids des Glücklosen**
Roman, 257 S. Aus dem Arabischen von Hartmut Fähndrich, Angelika Neuwirth et al.

• Emil Habibi, *Sarâja, das Dämonenkind*
Eine spätherbstliche Fabuliererei, 229 S.
Aus dem Arabischen von N. Forst, A. Rahmer und H. Fähndrich
• Emil Habibi, *Das Tal der Dschinnen**
Roman, 172 S.
Aus dem Arabischen von Hartmut Fähndrich und Edward Badeen
• Ghassan Kanafani, *Bis wir zurückkehren**
Erzählungen, 157 S. Aus dem Arabischen von Hartmut Fähndrich
• Ghassan Kanafani, *Das Land der traurigen Orangen**
Erzählungen, 160 S. Aus dem Arabischen von Hartmut Fähndrich
• Ghassan Kanafani, *Männer in der Sonne / Was euch bleibt*
Kurzromane, 193 S.
Aus dem Arabischen von Hartmut Fähndrich und Veronika Theis
• Ghassan Kanafani, *Umm Saad / Rückkehr nach Haifa**
Kurzromane, 150 S.
Aus dem Arabischen von Veronika Theis und Hartmut Fähndrich

Sudan
• Tajjib Salich, *Bandarschâh*
Roman, 190 S. Aus dem Arabischen von Regina Karachouli
• Tajjib Salich, *Eine Handvoll Datteln*
Erzählungen, 107 S. Aus dem Arabischen von Regina Karachouli
• Tajjib Salich, *Zeit der Nordwanderung**
Roman, 191 S. Aus dem Arabischen von Regina Karachouli

Syrien
• Salim Barakat, *Der eiserne Grashüpfer*
Geschichte eines kurdischen Kindes, 107 S.
Aus dem Arabischen von Burgi Roos Khalil
• Hanna Mina, *Bilderreste*
Roman, 331 S. Aus dem Arabischen von Angela Tschorsnig
• Sakarija Tamer, *Frühling in der Asche*
Erzählungen, 124 S. Aus dem Arabischen von Wolfgang Werbeck

Tunesien
• Hassan Nasr, *Dar al-Pascha*
Eine Rückkehr nach Tunis, 150 S.
Aus dem Arabischen von Hartmut Fähndrich